诗词灵犀

詩詞指要

谢崧 著

人民文学出版社

图书在版编目(CIP)数据

诗词指要/谢崧著.—北京:人民文学出版社,2017
(诗词灵犀)
ISBN 978-7-02-013281-2

Ⅰ.①诗… Ⅱ.①谢… Ⅲ.①诗词—创作方法—中国 Ⅳ.①I207.21

中国版本图书馆CIP数据核字(2017)第209297号

责任编辑　李　俊
责任印制　王重艺

出版发行　人民文学出版社
社　　址　北京市朝内大街166号
邮政编码　100705
网　　址　http://www.rw-cn.com

印　　刷　三河市鑫金马印装有限公司
经　　销　全国新华书店等

字　　数　150千字
开　　本　880毫米×1230毫米　1/32
印　　张　8.75　插页2
印　　数　6001—9000
版　　次　2018年9月北京第1版
印　　次　2019年6月第2次印刷

书　　号　978-7-02-013281-2
定　　价　32.00元

如有印装质量问题,请与本社图书销售中心调换。电话:010-65233595

目　录

序（谢晋） ……………………………………………………………… 〇〇一
自序 ……………………………………………………………………… 〇〇四

上篇　近体诗指要

壹　前言 ………………………………………………………………… 〇〇三
贰　绝律的兴起与完成 ………………………………………………… 〇〇五
叁　近体诗的格律 ……………………………………………………… 〇一三
肆　句式与谱调 ………………………………………………………… 〇一九
伍　绝、律诗的关系 …………………………………………………… 〇三三
陆　论对偶 ……………………………………………………………… 〇四四
柒　论拗体诗——破格破律诗 ………………………………………… 〇五五
捌　论诗题与意境——境界 …………………………………………… 〇六六

附录一 …………………………………………………………………… 〇七二
附录二 …………………………………………………………………… 〇七八
附录三 …………………………………………………………………… 〇八六

下篇　长短句指要

壹　词的起源与特点 …………………………………………………… 一〇七
贰　词的体制 …………………………………………………………… 一一六

叁	填词的步骤	一二一
肆	词的用韵	一二六
伍	词的句法与对偶	一三六
陆	短调句式的分析(上)	一四七
柒	短调句式的分析(下)	一八〇
捌	长调的句组分析	二〇三

词牌音序索引   二六五

序

作者谢崧，系余六十年前之老同学也。在粤学习时尝为任元熙、徐信符之所器重，留学京师时，又为梁任公、黄晦闻、王国维之所赏识。自毕业于国立北京师范大学暨研究院后，回穗历任各大中学校文史教席。其为人秉性豪迈，胸怀旷达，除擅书法外，尤工诗词。晚年学殖日高，造诣弥深，孜孜不倦，写作益多，诗葩词超，独辟境界。

谢子寄情于诗，寓意于词，每于事物有所感，即景生情，吟哦成章。其所赋诗，诗韵铿锵；其所填词，词调谐协，询可诵也。

诗词为古典文学之一，初学者每感困难。谢子于此道，揣摩功深，学有心得。在写作方面，除已成文成章外，特将诗词之写作方法，著为此书，对于诗词三昧阐述透辟详尽。总观全书，厥有二特点：

考近体诗于绝律二者关系问题，向有"绝者截也"与"绝句非截句"之争论，几历千年而未解决。谢子则从文学史之发展，引用大量资料信而有征地指出：绝句出现在律诗之前百多年，从而征实绝诗非截取律诗而成。又近体诗亦向有"拗是否必须救"之一问题，谢子亦从文学史真实而丰富的资料中来加以解决，得出"拗不必救"的确切结论。此其一。

至于教人填词一事，向来均以万树《词律》与《白香词谱》为准则。然此二书，均是逐字译释此字应"平"或应"仄"，或可"平"可"仄"。万树更详释去声而谓此字必"去"或此句可作平起或仄起……等等，甚形支离破碎。只从枝叶、不从根本着手，全无整体观念，使人不但只知依样画葫芦而不知词调总的体制与句法的基本结构，抑且使人知其然而不知其所以然。谢子则反是。处处从词的整体入手，阐释句法与用韵的关系，句式的必然结合，而揭出全词的句组安排与及其可能变化。此种句式的必然结合与句组的安排，是谢子所独创，前人未有做过。此其二。

有此二者，则谓是书为钜制，殊非过誉！

谢子兀兀穷年，脱稿成卷，原拟以此自娱，藉图晚年，非欲有所驰骋也。余笑谓之曰：子之所作，藏之高阁，独善其作乎？何不付梓，以享同好，以启后学。谢子婉谢。迨香港中华书局需要出版此书，始将稿送去，兹当此书行将与读者见面之际，特缀数言如上。

鉴湖老人谢晋一九七九年春

序

附记：当此书正在排印之时，鉴湖老人忽送来卷首语一纸，庄诵之余，揄扬有加，遂使拙著增辉。原无所谢，而亦终于有所谢谢焉！

一九七九年四月之杪谢崧

自　序

我著此书的动机,早在一九六〇年,其引起我的动机,则有数端:

一是,少年时读唐诗并见释者有"绝之为言截也,故绝诗不外截取律诗首尾或中间而成"之说,当时信以为真。及后读到明代胡应麟的《诗薮》谓"五七言绝句,盖五言短古七言短歌之变也",并以"绝者截也"之说为非。清初王夫之亦有此说。又觉其说甚当,而始知"绝者截也"之非。迨后涉猎中国文学史实多了,更认定胡氏之言为不易。然而近人郑振铎在其《插图本中国文学史》中,仍坚持"绝者截也"之说,并讥诋胡氏之非。

二是,读到清人施闰章"诗无一字拗,有拗必有救"的话,总觉得与近体诗(古体无所谓拗)的史实不合。近体诗的奠基者(初唐四杰)与完成者(沈、宋)固不如此,大诗人李白的也何尝如此。然而某人在其所著《诗词律则学》中,对于施说则膜拜到五体投地,并像煞有介事地罗列了唐近体诗的许多句子,用以证实施说。

三是,一九二五年曾以填词是否必须先读万氏

自序

《词律》向樊樊山老人请教,樊谓:"万氏《词律》万分讨厌。"并举例说"吴梦窗〔莺啼序〕一调第四片'蓝霞辽海沉过雁',过字明是平声,观第三片相应句'渔灯分影春江宿'可知,而万氏必作去声,非讨厌而何?"又谓:"〔个侬〕一调,廖群玉即以'恨个侬无赖'起句为名,与周美成〔六丑调〕迥别,而万树《词律》乃谓杨升庵嫌'六丑'之名不雅,改为'个侬',不知何所见而云然,且廖词为百五十九字,〔六丑〕仅百四十字,万氏并为一调,极力丑诋,不但讨厌,实堪愤慨!万氏《词律》之失误,所在多有,非填词者之所必读"(我直至今日要写本书下篇时才选读过万树《词律》即是此故),然而某人在其《诗词律则学》中,却奉为填词不二法门。

四是,词原名"曲子词",所以必须依曲倚声以填词,始可称为真正意义的词,此是出现于晚唐时代,只看看近代发现的敦煌曲子词,其有名氏的作者,都是晚唐尤其五代诗人可知。然而近人还有很多误认为依曲倚声以填词,早已出现于盛唐时代,并误认〔菩萨蛮〕、〔忆秦娥〕等调是李白所制,先师王国维也有此误(其误实因崔令钦是盛唐时人,其《教坊记》所附曲名有此种调。殊不知此二调北宋真宗时人始认为李白所制,而《教坊记》附录曲名,又多有后人加入者)。

上举四端,都是中国文学史上最显著最重要的错误!然而一般古典文学者,或则震于作者一时的盛名,或则与其有师承关系,而不敢加以指正。"吾爱吾师,吾尤爱真理"(古希腊哲人语),亟欲从中国文学发展的史实"信而有征"地揭谬以存真。因此开始拟定了此书的轮廓及论述要点,并摘录一些有关的资料,进一步从词的句法句式及其组合形式与用韵关系等方面,把中长调整理出近百调的句式组合(这是前人未有做过的工作,我却大胆尝试一下),但所有这一切,自六六年以后,就随着我仅有的书籍而荡焉无存,以是中辍并作罢论。

七四、七五年间,有两个老友谓其儿子想学诗词,邀我为之指导,我曾对他们讲过一些,但时间久了便吃不消,于是答应写成此书给他们抄读,以免口授之劳!然而当振纸欲书,却又书不得,一则正值"架空无法图遮眼"之时,何来应有的参考资料?二则有"匹夫"之鉴(因一老友以"身后虚名,何似生前一杯酒"相劝)!于是又中辍了。

七六年我的幼孙在高中修业,不时拿回宋词唐诗小册给我阅读,以消磨无聊的时光。有一次拿来时人解释唐诗小册,指着李白"吴姬压酒劝客尝"的一句问道:"如果解作把压在酿酒缸口的酒压揭开,何以不叫'开酒'而偏叫'压酒'?"我只说这解释未免大煞风景,看来解者不特不了解古代酒器的形制,且亦未见过北方女侍斟酒的形象。但他又苦苦问下去,吾见其大有要求"甚解"而把此门一串之意,于是最后下定了写成此书的决心。一则以副孙子喁喁之望;二则自己是一个"产业只空留有橐"

自序

的人，好以此作为我将来的遗产。于是把以前曾拟过的轮廓与论述要点等等，一一加以思索一番，就趁着人皆去避震我独不出门的时候，完成了上篇近体诗。

七七年初又着手写下篇——词，因篇幅较长，足足花了一个春季，始行脱稿。再把上下篇作了两次的补充，加以滕正，然后给人家抄录阅读，并请提出意见，有人要代我针笔油印一百份，分送亲友及同好者；又有人要携去与有关部门商议出版，我均加拒绝，盖与我著此书的目的背道而驰故也。我当然不会有"藏诸名山、传诸其人"的想头，我的目的只不过是上述二种：一者给老友的儿子与自己的孙子，作为学习诗词的敲门砖；二者作为遗产以留给我的后人，如此而已，岂有它哉？

末了，从一般著述的自序中，往往见到："感谢某人为之指正、感谢某人为之序跋或题辞"等等的话，然而我此书，却感谢何人！

丁巳重阳前夕于独石斋

现在，得到谢舒流侄热情介绍在港出版此书，这么一来，又使我把原意打消了。同时更使我衷心地感谢舒流侄的热情赞助！

戊午秋杪中岳一樵附记

上篇 近体诗指要

壹　前言

所谓近体诗,是指唐代创格而奠定起来的绝、律诗而言。这种绝、律诗是有一定的程式与格律。人们做起诗来必须依照这种程式与格律而不容与它违背。这种有一定程式与格律的诗,具体地说来,就是一首诗的字句有定,字句的平仄和用韵都有限制。这比之古体诗(包括歌行、乐府)的字句不限、用韵亦不受限制而表现为错综复杂的形式,是大有不同的。因此唐人就把这种绝、律诗叫做"今体诗",使其与古体诗分别开来。但"今体诗"一名,唐人用之当然适合,而唐以后用之则甚不妥。故宋人改名为"近体诗"。此后沿用此名,至今不变。然而并非唐人原有此名的。

近体诗可以说是由古体诗错综复杂的形式发展为整齐的形式,而且富有齐整美的诗。不过此种诗既有格律的限制,运用就不无拘束,不似古诗运用自由罢了。故一般文人就有"古体诗难学而易工,近体诗易学而难工"之说。所谓难学,就是无一定程式可循;所谓易学,就是有一定格式律可遵。惟其是难学,故自宋以来做古体的人日少而日就凌替。惟其是易学,故做近体的人日多,今尚未衰。由此看来,则"近体诗指要"之作,仍有必需而非辞费!至于所谓易工,是因为古体诗可以随意增减字句或变换韵脚,藉以增强或突出和更好地更完整地表达其中心意旨(又称主题思想)的缘故。但近体诗则否,是以难工。

贰　绝律的兴起与完成

中国诗歌的发展大体是：由四言而楚辞，由楚辞而五言，由五言而七言，由古体诗而绝、律（即近体诗），由绝、律而词（即长短句）、曲（指北曲和南曲）。绝、律的发展也是由五言而七言；而绝句的出现又比律诗为先。这就是它的大概轮廓。

所谓绝律，是指绝句（一首四句）和律诗（一首八句，中间两联对偶）而言。其实自沈约创为四声（平、上、去、入）八病（平头、上尾、蜂腰、鹤膝、大韵、小韵、旁纽、正纽）之后，齐梁诗人们已开始创作四句八句形式整齐的格律诗，尤其徐陵、庾信的创作更为著名。他们四句的五言诗，初时都是两联对偶，八句的则是四联对偶，所以又叫做骈偶诗。这种诗在梁、陈易代之际，就逐渐向近体诗的路线发展。而四句五言形式整齐的格律诗——骈偶诗更首先向五绝转化。"绝句"之名，也就在这时候出现了。徐陵在其所编的《玉台新咏》已有梁简文帝（萧纲）和吴均的"绝句"的著录；而庾信在北朝也有《和侃法师三绝》的创作。南北朝还是五言诗的时代，因此七言诗是很少的。虽然南朝宋时的鲍照和汤惠休已写作了很好的七言诗，但还是错综散乱而不整齐，更没有什么规则。不过到了齐梁以后，这种绝少的七言诗，也和五言诗一样向着声则谐和对称、辞则整齐对偶的路线演变。因此，继五言四句八句形式整齐声调谐和的格律诗——骈偶诗之后，也有了这样的七言四句诗出现，只是为数很少，不过已异于古代的七言短歌，也异于晋宋齐以来出现于委巷歌谣的新乐府的了。至于七言八句的也还找不到一首。且先看他们的五言绝句吧！

萧纲《绝句赠丽人》：

　　腰肢本独绝，眉眼特惊人。判自无相比，还来有洛神。

吴均《杂绝句》之一：

　　蜘蛛檐下挂，络纬井边啼。何尝得见子，照镜窗东西。

庾信《和侃法师三绝》之一：

　　秦关望楚路，灞岸想江潭。几人应泪落，看君马向南。

这不是已很接近唐代五绝么？

到了陈隋时张正见、江总、王胄等人的五言四句诗，其格律的严整，甚至超过"初唐四杰"（王勃、杨炯、卢照邻、骆宾王）。故明王世贞说他们的诗"律法已严于四杰"，这是有其根据的，这只一看他们的诗，就可以明白。例如江总《于长安归还扬州》云：

> 心逐南云逝，形随北雁来。故乡篱下菊，今日几花开？

又如王胄《枣下》云：

> 御柳长条翠，宫槐细叶开。还得开春曲，便逐鸟声来。

这与沈（佺期）、宋（之问）的绝句，简直就没有什么区别。

到了唐初的李百药、李义府的五言四句诗，也跟着江、王的后尘，向着严整的所谓近体诗的五绝转化。例如李百药的《咏蝉》：

> 清心自饮露，哀响乍吟风。未上华冠侧，先惊翠叶中。

有人说这首诗宛然已是沈、宋体的绝句；但它尚是两联对偶，应该说江、王的诗是沈宋体的绝句才恰当。又如李义府的《虚堂词》：

> 懒整鸳鸯被，羞牵玳瑁床。春风别有意，密处也寻香。

至于律诗，最早见于著录的则是王绩的《野望》。这可说是和"四杰"、沈、宋的五言律诗差不多了。"律诗"之名也跟着出现于人间（初唐还没有七言律诗的出现）。徐、庾的五言八句诗，虽则形式整齐，但四联都是对偶，即使庾信后来在北朝所作的，还是有三联对偶，还不脱骈偶诗的形态，故只可说是律诗的前身罢了。其实唐人的五律,初时还保留三联对偶,其后才只保留中间两联而发展为严格的律诗的。

兹分别录出他们的诗,以资对照:

(一)徐陵的《内园纳凉》:

> 昔有北山北,今余东海东。纳凉高树下,直坐落花中。狭径长无迹,茅斋本自空。提琴就竹筱,酌酒对梧桐。

(二)庾信的《七夕》:

> 牵牛遥映水,织女正登车。星桥通汉使,机石逐仙槎。隔河相望近,经秋(一作岁)别离赊。愁将今夕恨,帘着明年花。

(三)庾信的《慨然有咏》(这是在北周时作):

> 新春光景丽,游子别离情。交让未全死,梧桐唯半生。值热花无气,逢风水不平。宝鸡虽有祀,何时能更鸣。

(四)王绩的《野望》:

> 东皋薄暮望,徙倚欲何依。树树皆秋色,山山唯落晖。牧人驱犊返,猎马带禽归。相顾无相识,长歌怀采薇。

再把"四杰"和沈、宋的绝律各举两首于后,我们把它和上举各诗,互相比较一下,便可明白梁陈诗人们的四句、八句形式整齐的格律诗发展为绝律诗的痕迹和线索;更可以了解它们的兴起及其完成的过程。

(一)绝句二首:

(1)久客逢余润,他乡别故人。自然堪下泪,谁忍望征尘。(王勃《别人四首之一》)

(2)岭外音书断,经冬复历春。近乡情更怯,不敢问来人。(宋之问《渡汉江》)

(二)律诗二首:

(1)西陆蝉声唱,南冠客思侵。不堪玄鬓影,来对白头吟。露重飞难进,风多响易沉。无人信高洁,谁为表予心。(骆宾王《狱中闻蝉》)

(2)度岭方辞国,停轺一望家。魂随南翥鸟,泪尽北枝花。山雨初含霁,江云欲变霞。但令(读平)归有日,不敢恨长沙。(宋之问《度大庾岭》)

上列四诗中,王勃的五绝仍和江总、王胄的一样保留一联对偶(王世贞谓江总等人的诗"律法已严于四杰"确是有见地的话)。但也是一个进步;而宋之问的则对偶已不见了,这是再前进了一步。两首律诗都还保留前三联对偶,但沈、宋其他的五律,已只留中间两联对偶而进于严格的了。其实庾信、王褒到了北朝后,其作风已由浮艳变到沉郁,从而由绝对的骈偶变到相对的骈偶。这已是接近沈、宋的体制,只是声调的黏对还不及沈、宋的整齐,这只看王褒的《渡河北》,子山的一些《拟咏怀》诗(王、庾这样的诗,是出现于相当陈代中叶的时间)便可知道。

我们再来看看齐梁以后形式整齐声调谐和的七言四句诗,并比较一下初唐最早出现的七绝吧!

魏收的《挟瑟歌》(此诗作于北齐,时间是在南朝梁陈易代之际):

> 春风宛转入曲房,兼送小院百花香。白马金鞍去未返,红妆玉箸下成行。

陈后主的《玉树后庭花》:

> 映户凝娇乍不进,出帷含态笑相迎。妖姬脸似花含露,玉树流光照后庭。

江总的《怨诗行》:

> 新梅嫩柳未障羞,情去思移那可留。团扇箧中言不怨,纤腰掌上讵胜愁。

隋无名氏的七言四句诗:

> 杨柳青青著地垂,杨花漫漫搅人飞。柳条折尽花飞尽,借问行人归不归?

虞世南的《袁宝儿诗》(此诗作于隋炀帝时):

> 学画鸦儿半未成,垂肩大袖太憨生。缘憨却得君王宠,长把花枝伴辇行。

上列魏、陈、江三人的诗,就是晋、宋、齐以来民间歌谣的拟作,也是晋、宋、齐以来的新乐府辞,其风调是酷似《子夜》、《读曲》等的民歌的(注意:风调是指诗的风格情调而言,并非指诗的结构体制来说)。不过它们的体制是齐梁发展起来的形式整齐的格律诗,而且三诗都有一联对偶,更是齐梁以来典型的骈偶诗所遗留的痕迹。这样形式整齐的格律诗,我们不能不说它们已是唐七绝的雏形。魏、江二诗,都首句起韵,更是唐七绝用韵的普遍形式;只是魏诗首联的声律,尚未谐和而已。隋无名氏的一首,第一联还是保留对偶,但首句也起韵,简直与唐七绝没有什么差别。虞世南的一首,也是首句起韵,但已没有了对偶,这更与唐诗一般的七绝没有毫厘之差的了。再把它与初唐最早出现的七绝相互比较一下。

初唐无七律,前已提过;而最早写作七绝的是王勃,继之的是沈佺期、宋之问。

王勃的《秋江送别》之一:

> 早是他乡值早秋,江亭明月带江流。已觉逝川伤别念,复看津树隐离舟。

宋之问的《苑中遇雪应制》:

> 紫禁仙舆诘旦来,青旗遥倚望春台。不知庭霰今朝落,疑是林花昨夜开。

沈佺期的《邙山》:

> 北邙山上列坟茔,万古千秋对洛城。城中日夕歌钟起,山上惟闻松柏声。

我们把这三诗与前面所举的对照一下,立刻可以见到王、宋二诗是出自魏、江二诗,沈诗则由虞诗演变而来,论其声律则还不及虞诗的严整。至于后来如杜甫的:"岐王宅里寻常见,崔九堂前几度闻。正是江南好风景,落花时节又逢君"一绝,简直可以说是陈后主的《玉树后庭花》的翻版。由此看来,我们毫无疑义地说:近体诗是由陈隋的江、王、陈、虞和唐初二李、王绩等开其端,继由"初唐四杰"奠其基,后由沈、宋完其体的了。

叁　近体诗的格律

诗是吟诵和歌唱的文学，它毋须借助曲谱也毋须配合乐器，吟诵或歌唱起来，就表现出其本身的音乐美。它本身的音乐美在于声韵和音节。汉语有平、上、去、入四声（例如"东、董、冻、督"，依次为平、上、去、入）。平声平直舒徐，上声上扬高亢，去声清越宛转，入声短促坚强，各具不同的旋律。四声和谐调协，加以音节之跌宕顿挫，韵脚之低昂回旋，吟诵或歌唱起来就能令人激昂起舞俯首低徊，而不自知其倾倒与沉醉了。

格律是诗的旋律格式，是为近体诗而制订出来的。古体诗由于字句和韵脚均无限制，而又可夹入长短句，故无法订出格律。其运用看似较为自由，但如何才能使作品音律谐美，却关系到诗人的文学与音乐的修养，并非容易。因此六朝以前诗人很少，传世作品也不多。自唐代倡导近体并有了完整的格律，诗坛登时活跃起来，诗人辈出，作家逾千，传世作品也以数万计，成为诗的黄金时代。格律使诗歌艺术普及到一般群众，可说是信而有征。许多人只能作近体而不能作古体或常作近体而只偶尔作古体,除了内容条件之外,恐怕有无格律,是占主要的因素。

上面已经说过,齐梁诗人已开始创作四句、八句形式整齐的格律诗。四声、八病就是沈约在摸索格律过程中总结出来的初步准则。然而却到唐代武后之时,此项任务才告完成。上面又说过"初唐四杰"是近体的奠基人,稍后的沈、宋是完成者。他们对近体诗的功绩,真是不可磨灭。唐天宝以后,杜甫有一首诗说:

> 王杨卢骆当时体,轻薄为文哂未休。尔曹身与名俱灭,不废江河万古流。

这从格律上说,更是不易的定论。

汉语的特点是:一音一字,其形音义是有机结合的,可以从形知音,观形得义;语言以单、双音词为基础,三音词很少见。很多单、双音词可以互相转化,三音词也可简化;平、上、去、入四声不能任意变读,声变了词义也随之而变。这些特点使格律在字数、句数和平仄、用韵位置等方面,都不得不有严格的规定。建安时代五言诗已完全取代了四言诗和楚辞的地位。到了南朝诗人鲍照更创作很好的七言诗,虽其中还夹有五言。但无论五言或七言,都是几组双音词一个单音词。既合汉语特点,节奏又有变化,不太促也不太缓。于是五、七言就成为近体诗的固定格式。韵脚不能太密也不能太疏,古诗隔句用韵是适合的。一韵两句就构成一联。为了对称美(即整齐美),于是绝诗两联四句、律诗四联八句(中间两联对偶),这两种形式也被肯定了。其间发展八韵以上的排律并用于考试,终因对偶和声调重复过多、音律不佳而被淘汰。

平声和悦安详,仄声(上、去、入)抑扬顿挫,且平有阴、阳两声,足与上、去、入三声相当。分平仄两部彼此字数比较均平。一句之中,平仄协调,吟诵或歌唱时,音律就觉得和谐悦耳。推而至于上、下句和上、下联,莫不如此。

由此订出了近体诗格律的规则。简括地说就是:

(一)调平仄;(二)正黏对;(三)守韵位。掌握了这三条规则,就不必背熟也毋须背熟"平平仄仄仄平平",也不怕用时搭错了线。运用这三条规则也很简单。

一　调平仄

把一句诗分成二或三组变音(五言两组,七言三组),即平平、仄仄,带上一个单音平或仄。两组双音平仄间列排好,最后补上一个与第二组双音平仄不同的单音,就成一句五言式。例如第一组是仄仄,第二组便是平平,末了一个单音便是仄,合起来是"仄仄平平仄"。反过来第一组是平平,第二组便是仄仄,末了便是平,合起来是"平平仄仄平"。前式是仄起句,后式是平起句。假定押平韵而仄起式要押韵,原式末字用不得仄声时,把它和第二组双音换个位,那就变成"仄仄仄平平"(即末字与第三字对调)的押韵句。同样,后式如改押仄韵时,句末的单音和第二组双音第一字换个位,那就变成"平平平仄仄",甚为方便,何难之有?可是古人却费了几十年的光阴,化了几代人的精力,才找出这么一个可以应用无穷的简单方法。这是值得我们珍视的。

二　正黏对

对,是每联上下句的平仄结构形式;黏,指前联的下句和后联的上句的平仄结构形式。

调平仄是贯彻全首诗的,不只限于一句。和句子第一组音用仄仄第二组音就该用平平一样。一联的上句若是仄起,则下句必须平起。这样做成一联就是:"仄仄平平仄","平平仄仄平",两句的平仄排列完全相对,术语简称做对(对与对偶不同,对是指声,对偶是指辞)。上下句平仄结构相对才合格律。扩展下去,第二联上句和第一联上句平仄结构也要相对。如第一联是:

仄仄平平仄,平平仄仄平。

第二联就应该是：

平平平仄仄，仄仄仄平平。

两联合起来看可以发现：由于两联上下句平仄结构相对，必然形成下联的上句和上联的下句（即第三句与第二句）的平仄结构基本相同，只因为第三句例不押韵，把第二句末尾的单音移到句中而已。这种情况术语叫做黏，即三与二两句平仄结构互相黏合。后联的上句与前联的下句平仄结构相黏，才合格律。因为只有这样两联的平仄结构才会相对。如两联都是仄起或都是平起，变成一联的重复，便不符合调平仄的规定，就叫失黏，失黏便不合格律。作诗除调一句的平仄之外，还要正全首的黏对。律诗八句仍然是继续黏下去的。

三　守韵位

韵位是指韵在诗中的位置。近体诗的韵有一定的位置，即规定只许双句用韵，单句不得用韵，不容混乱。这便形成了隔句韵的形式。但第一句可以通融，即起韵不起韵都得。又每首必须一韵到底，不得转韵也不得通韵（与别一类的韵通押）。古体诗则不然，因为它的句数不限，比较地是不整齐的，可以写到很长，韵脚就不能加以限制。故此容许转韵和与别一类的韵通押（如"东、冬"二韵通押，"真、文、元"三韵通押，甚至"支、微、齐、佳、灰"五韵通押）。又容许句句押韵（如汉武帝时《柏梁台联句》便是）。或者在隔句押韵的诗中又可以连几句押韵。近体只是齐齐整整的四句或八句，所以就有上说严格的限定，作诗的人一定要遵守的。

近体诗单句不许用韵，只有第一句可以通融，因此，唐人习惯五言诗多不起韵，七言诗则多起韵。其原因在七言有四个音节（三组双音一个单音），到第八音节才押韵，稍嫌距离太远，故灵活运用。又因第一句起韵与否，可以灵活，故第一句又有借韵之例（借古体相通的韵）。例如杜牧的一首七绝：

清明时节雨纷纷，路上行人欲断魂。借问酒家何处有，牧童遥指杏花村。

这首的"魂、村"二韵，都属"元"韵，他因有借韵之例，因此借了"文"韵的"纷"来押（元、文、真古体通押），便是例证。李白也有借韵的诗。不过唐人借韵的还少，宋人就多起来了。

肆　句式与谱调

近体诗有五言、七言、平韵、仄韵四类。每类又有仄起、平起、首句起韵和不起韵四种谱调，合共一十六式。这对初学者要求强记是很难的。不过上面说过：掌握了三条规则就不必背熟"平平仄仄仄平平"，也不怕用时搭错了线。但如何才能掌握三条规则，在于胸中有了句式排列的概念。首先要知道凡一联的平仄必相对，后联上句与前联下句必相黏即必基本相同，这一个主要而又简单的概念。有了这个概念，再依照仄起或平起就可以很容易把一首诗的句式依次排列出来，不伤什么脑筋。这指首句不起韵的来说，如果起韵，只要把末字与上面第三字对调便得。

分析第一条规则可以知道：近体诗五言是基本的，七言是派生的；五言平韵仄起是基本的，平起是变化的；首句不起韵是正格，起韵是变格。熟悉了五言的四种句式，再按第二条规则错综排列，则仄起、平起、平韵、仄韵、首句不起韵或起韵，都可以得心应手左右逢源。五言加一组双音便是七言，更属轻而易举，何难之有？不特无难，而且简单得很。只要知得是仄起或平起，依据三条规则尤其第一第二条，就会自然而然地引申出来，正所谓"水到渠成"，何用强记？

说五言平韵是基本的，首先得说明平、仄韵的差别。诗是美的文学，声韵格律是表现诗的美。平韵舒徐和悦，用作近体诗的韵脚符合美的要求；上声高亢，去声低沉幽怨，入声短促，一般不大适用于近体诗的韵脚。仄韵近体诗之所以甚于凤毛麟角，恐怕就是这个缘故吧！故唐人近体十居其九用平韵正是为此。再唐代考试，以赋四官韵或八官韵为准则。官韵是平韵，不许用仄韵。四韵便是律诗，八韵就是排律。因此唐人只极少数仄韵绝句，而绝无仄韵律诗！这是更重要的缘故（关于唐代官韵见附录）。依调平仄的规则，平韵仄起第一句是"仄仄平平仄"；依正黏对的规则，第二句是"平平仄仄平"。两句都平仄间列，而两句又都平仄相对，所以它是基本式。如变第二句为第一句，第一句移作第二句，那就押了仄韵而非平韵了。继此下去，第三句要与第二句黏，却不押韵，因此必然要用第二句末的单音和第二音组换位（即末一字与第三字对调），而成为"平平平仄仄"；第四句要与第三句对并且押韵，也必然要用第一句末的单音和第二音组换位而成为"仄仄仄平平"。舍此以外再不能有别的组句法。至于说首句不起韵是正格，又有什么依据？因为首句不起韵才会具备四种完全不同的句式,所以说它是正格。我们只要一读盛唐及其以前的五言近体诗都是首句不起韵的便可明白。如仄起首句不起韵,依规则必然成为下列四种形式:

仄仄平平仄(一式) 平平仄仄平(二式)
平平平仄仄(三式) 仄仄仄平平(四式)

平起不起韵,也成为四种不同的句式,只是第一第二联互换位置而已。这都是四种句式完备无缺。首句起韵的则不然,必缺了一式。无缺故是正格,有缺故是变格。这是确切不移的定理。

由此看来,五言诗(七言也一样)只有四种句式。所以平韵、仄韵、平起、仄起、首句起韵或不起韵等谱调,都从这四种句式变出。熟悉了四种句式,正确使用黏对,就智珠在握,无论采用哪个谱调,都能顺手拈来不会错误了。

下面先列示四种句式并给序次,然后再分析各谱调的排法。

一 五言平韵仄起首句不起韵格

仄仄平平仄(一式) 平平仄仄平(二式)
平平平仄仄(三式) 仄仄仄平平(四式)

一、二式都是双、双、单组合,平仄间隔匀称,是基本式;三、四式都是双、单、双组合,平仄间隔稍欠匀称,中间各叠一个平或仄,是变化句式(应该记住中间重叠的单音是从基本式句末提上来的,不是外加的)。下列例诗用的是这一格。

秋浦歌　李　白

白发三千丈,(一) 缘愁似个长。(二)
不知明镜里,(三) 何处得秋霜。(四)

依谱重叠一次续成八句,把二、三联用对偶句,就成了律诗。

咏灯花　韩　愈

今夕知何夕,(一) 花然锦帐中。(二)
自能当雪暖,(三) 那肯待春红。(四)
黄里排金粟,(一) 钗头缀玉虫。(二)
更烦将喜事,(三) 来报主人公。(四)

一组双音词未必都是"平平"、"仄仄"组成。如"钗头"、

"白发"适合了这样的组成。而"更烦"、"黄里"便不适合。针对这种情形,在不影响句子声调的前提下,容许灵活运用,即可以用"仄平""平仄"组合的词。故此一般习惯有"一、三、五不论,二、四、六分明"之说。这即是说:句中第二、四、六字不得乱用平仄,第一、三、五字的平仄可以灵活运用。但有的人只同意:"二、四、六分明",而不同意:"一、三、五不论"。认为这种说法在格律上极不周严,而主张五言第三字、七言第五字必须有条件。我虽然同意五言第三字、七言第五字不可随便灵活运用,但总觉得这种主张不外是为清人施闰章说的"诗无一字拗,有拗必有救"作辩护,更以此作为"有拗必有救"的依据!因为他们认为这是拗体诗的规则。如果一、三、五不论,则就没有几多拗句,既没有许多许多的拗,则所谓"救"便很容易落空了。其实拗体不外是"破格破律"而已,近体诗虽有很严的格律,但必要时不妨把它打破(亦即不妨拗),这是向来富有才情的诗人,大概总是如此的。这又何必一定要"救"呢?这个问题,留待以后再讨论。

二 五言平韵平起首句不起韵格

平平平仄仄(三式) 仄仄仄平平(四式)
仄仄平平仄(一式) 平平仄仄平(二式)

显而易见,本谱只是把(一)谱两联位置互换,其余没有变化。掌握了仄起格,就很容易掌握平起格。

听 筝 李 端

鸣筝金粟柱,(三) 素手玉房前。(四)
欲得周郎顾,(一) 时时误拂弦。(二)

山居秋暝 王 维

空山新雨后,(三) 天气晚来秋。(四)
明月松间照,(一) 清泉石上流。(二)
竹喧归浣女,(三) 莲动下渔舟。(四)
随意春芳歇,(一) 王孙自可留。(二)

三 平起首句起韵格

平平仄仄平(二式) 仄仄仄平平(四式)
仄仄平平仄(一式) 平平仄仄平(二式)

由于首句起韵,势必以二、四式做第一联,而一、三式却是仄收句,不能押韵。故第二联必然缺一式又重复平收句的一式。如上谱缺三式重二式。这按照黏对规则是不可避免的。

塞下曲　卢　纶

鹫翎金仆姑,(二) 燕尾绣蝥弧。(四)
独立扬新令,(一) 千营共一呼。(二)

风　雨　李商隐

凄凉宝剑篇,(二) 飘泊欲穷年。(四)
黄叶仍风雨,(一) 青楼自管弦。(二)
新知遭薄俗,(三) 旧好隔良缘。(四)
心断新丰酒,(一) 销愁又几千。(二)

虽然律诗第五句不押韵,当重复绝诗时补回三式。但全首三式只得一句,二式却有三句,仍旧不平衡。仄起首句起韵格,也是一样。

四　仄起首句起韵格

仄仄仄平平(四式)　平平仄仄平(二式)
平平平仄仄(三式)　仄仄仄平平(四式)

哥舒歌　西鄙人

北斗七星高,(四)　哥舒夜带刀。(二)
至今窥牧马,(三)　不敢过临洮。(四)

秋日赴阙题潼关驿楼　许　浑

红叶晚萧萧,(四)　长亭酒一瓢。(二)
残云归太华,(三)　疏雨过中条。(四)
树色随关迥,(一)　河声入海遥。(二)
帝乡明日到,(三)　犹自梦渔樵。(四)

以上四谱反映出一种现象,凡首句不起韵绝诗,必具备四种句式(上面已经说过),而律诗则必四式均匀。首句起韵的,绝诗必缺一式重一式,律诗必四式不平衡。因此,毫无疑问,上面说过的:首句不起韵的是正格,首句起韵的是变格这一句话,完全是根据格律来说的。仄韵诗七言诗全是一样。

排过平韵诗谱,再来排仄韵诗谱,就易办了。

依上列五言句式,一、三式是仄收,二、四式是平收。那么,只须颠倒它的上下句,自然变成仄韵诗。这不必再作什么解释。其句式也是四种,谱调也是四种,这里只把句式排列出来。但不能举出例诗。因为不但唐人,即使是唐以后的人,作仄韵近体诗的,可说是凤毛麟角绝无仅有。而律诗则一首仄韵都没有(这与唐代考试规定押官韵有关)。虽然唐人也有四句五言的仄韵诗,但完全合乎近体诗的格律的,却找不出一首。甚至连一句律句都没有。其实一首绝诗而没有保留两句律句,还成什么近体诗?与其说是拗体五绝,毋宁说是五言短古,更为恰当。我们试读一读曹子建的《七步诗》,是否意味着这首诗是五绝,又看从来有没有人说它是五绝,便可以明了。

一 五言仄韵仄起首句不起韵格

仄仄仄平平(四式) 平平平仄仄(三式)
平平仄仄平(二式) 仄仄平平仄(一式)

二 五言仄韵平起首句不起韵格

平平仄仄平(二式) 仄仄平平仄(一式)
仄仄仄平平(四式) 平平平仄仄(三式)

三　五言仄韵仄起首句起韵格

仄仄平平仄(一式)　平平平仄仄(三式)
平平仄仄平(二式)　仄仄平平仄(一式)

四　五言仄韵平起首句起韵格

平平平仄仄(三式)　仄仄平平仄(一式)
仄仄仄平平(四式)　平平平仄仄(三式)

七言以五言为基础,依调平仄规则在五言句式前头加一组双音(即仄起式加平平,平起式加仄仄),以下句式不变。例如一式:仄仄平平仄,前头加一组双音便成:平平仄仄平平仄;二式:平平仄仄平,前头加一组双音便成:仄仄平平仄仄平。三、四式照此类推。黏对押韵等规则与五言同。谱调格式如下:

一　七言平韵平起首句不起韵格

平平仄仄平平仄(一式)　仄仄平平仄仄平(二式)
仄仄平平平仄仄(三式)　平平仄仄仄平平(四式)

道理说明就很简单,认为伤脑筋,只是老师没有讲过。前人教诗首五言,次七言,原因就是使学者熟习格律、句式,到学七言时,一指点便明白。后人不讲格律,强调念谱,并认为五言简练,不易入手而先教七言。于是格律成了诗的尖端学问,这是十分错误的。

上谱例诗:

宿村家亭子　贾　岛

床头枕是溪中石,(一)井底泉通竹下池。(二)
宿客未眠过夜半,(三)独听山雨到来时。(四)

客　至　杜　甫

舍南舍北皆春水,(一)但见群鸥日日来。(二)
花径不曾缘客扫,(三)蓬门今始为君开。(四)
盘飧市远无兼味,(一)樽酒家贫只旧醅。(二)
肯与邻翁相对饮,(三)隔篱呼取尽余杯。(四)

二　七言平韵仄起首句不起韵格

仄仄平平平仄仄(三式)　平平仄仄仄平平(四式)
平平仄仄平平仄(一式)　仄仄平平仄仄平(二式)

九月九日忆山东兄弟　王　维

独在异乡为异客,(三)　每逢佳节倍思亲。(四)
遥知兄弟登高处,(一)　遍插茱萸少一人。(二)

闻官军收河南河北　杜　甫

剑外忽传收蓟北,(三)　初闻涕泪满衣裳。(四)
却看妻子愁何在,(一)　漫卷诗书喜欲狂。(二)
白日放歌须纵酒,(三)　青春作伴好还乡。(四)
即从巴峡穿巫峡,(一)　便下襄阳向洛阳。(二)

三　仄起首句起韵格

仄仄平平仄仄平(二式)　平平仄仄仄平平(四式)
平平仄仄平平仄(一式)　仄仄平平仄仄平(二式)

夜雨寄北　李商隐

君问归期未有期,(二)　巴山夜雨涨秋池。(四)
何当共剪西窗烛,(一)　却话巴山夜雨时。(二)

登柳州城楼寄漳汀封连四州刺史　柳宗元

城上高楼接大荒,(二)海天愁思正茫茫。(四)
惊风乱飐芙蓉水,(一)细雨斜侵薜荔墙。(二)
岭树重遮千里目,(三)江流曲似九回肠。(四)
共来百粤文身地,(一)犹是音书滞一乡。(二)

四　平起首句起韵格

平平仄仄仄平平(四式)　仄仄平平仄仄平(二式)
仄仄平平平仄仄(三式)　平平仄仄仄平平(四式)

寒食　韩翃

春城无处不飞花,(四)寒食东风御柳斜。(二式)
日暮汉宫传蜡烛,(三)轻烟散入五侯家。(四式)

望蓟门　祖咏

燕台一去客心惊,(四)笳鼓喧喧汉将营。(二)
万里寒光生积雪,(三)三边曙色动危旌。(四)
沙场烽火侵胡月,(一)海畔云山拥蓟城。(二)

少小虽非投笔吏,(三)论功还欲请长缨。(四)

七言仄韵诗也如五言一样有四谱,句式也是四种。也因为这类诗罕见,无法举出例诗来,故毋须把它排出。不过上面说过只须知道是仄起或平起,依据三条规则,就自然而然地引申出来。例如知道是仄起首句不起韵式:那么首句必然是:仄仄平平仄仄平;如果首句起韵,就必然是:仄仄平平平仄仄了。以后照正黏对规则,就会一直引申下去,不用什么思索,也百无一误了。

伍　绝、律诗的关系

叙述至此,就可以来解决向来有争论的律绝诗关系这一个问题了。但还得追溯一下中国文学史的实际情况,简要地指出其发展的线索来。因为这样做,对于我们解决这个问题是有很大的帮助!

原来中国文学不论诗、文,在魏晋以前都是错综复杂而没有什么规则,到魏晋以后才逐渐趋于整齐。到齐梁时,散文终于发展为整齐的骈偶文(或叫骈俪文,或简称骈文),诗也终于发展为整齐的骈偶诗。沈约时更有四句八句整齐的格律诗陆续被诗人们创作出来(沈约《八咏》中的"登台望秋月"一首就是),尤以庾信、徐陵创作得更多。这种新体诗从中国文学史上来说,是一个很大的进步。这种新体诗一方面日趋于整齐骈偶,一方面又日趋于绮丽。所以后人讥贬"六朝文风"为浮艳、浮靡。李白也有"自从建安来,绮丽不足珍"的话。不过这并不是指诗的结构体制而言,只是指它们的作风而说。庾、徐等人形式齐齐整整的格律诗(五言的多,七言的很少),全首都是对偶(参看下举庾肩吾和上举徐陵的诗)

的多，最少也保留一联对偶。到了陈隋诗人又觉得全是对偶过于平板，故又有意加以变化，使它不全是对偶，且亦不怎样浮艳，而实颇具风骨了。它们就这样向着唐代近体诗转化了。

许久以前，就有不少人主张：绝诗是截取律诗一半而成，所以又称它做截句。而且还罗列唐人作品，说这些是截上半，那些是截下半；这些是截取中间，那些是截取头尾，俨然颠扑不破。尽管长期都有人持不同意见，可是总找不出强有力的论据，足以把它驳倒。其中最重要的是明代胡应麟，他曾提出"五七言绝句，盖五言短古，七言短歌之变也"的话来反对所谓"绝者截也"之说。然而他并未了解诗体演进的过程或线索；因而不能从其演进中找出实例以为佐证。他最缺憾的地方是断定短古、短歌直接转化为近体的五七言绝句，而抹煞了它们向齐整而骈偶的转化，再由极度齐整骈偶向近体绝句转化这样一个重要的阶段。这样一来，他的论据就没有多大的力量，从而经不起那些主张"绝句之成为新体且有定格，是创始于沈、宋时代。未可以偶然的古已有之来推翻这个定论"的人所反驳。当然，绝句的定格是始于沈、宋。然而中外古今总没有一下子就成为定格的文体，它必然有一个发展过程。即以五言绝句而论，在它发展到已成为一种新形式而尚未有定出严谨的格律以前，总不能说它仍与曹子建《七步诗》一样是五言短古吧！这只要看上面揭出中国文学史的实际情况，便可明白。胡应麟的论据之所以不能成为铁证，是在于他割断了中国文学发展过程的一个重要阶段，以致不能找出实例的缘故。王夫之也曾说过"五言绝句，自五言古诗来，七言绝句，自歌行来"的话，可是他的缺点，也和胡应麟的一样，因而他的论据也和胡应麟一样薄弱无力。至于用"五言绝句，唐初变六朝子夜体也"（见赵翼《陔余丛考》引录杨伯谦的话），和"五言绝发源于《子夜歌》"（见李重华《贞一斋诗说》）的话来反对"绝者截也"，其论据也还是薄弱的。这是因为子夜歌虽是晋、宋以来出自民间歌谣的新乐府辞，其作风虽也不同于古乐府，其风调虽也很早就侵入了齐梁的诗歌中；所谓"宫体"，所谓"春江花月夜"等，无不受其影响；而释宝月的《估客乐》，沈约的《六忆》之类，更是从《子夜》、《读曲》中来。萧衍的拟作如："含桃落花日，黄鸟营飞时。君住马已疲，妾去蚕欲饥"（《子夜四时歌》），简直是晋、宋的遗音了。其他如萧纲、萧绎、陈后主等人的拟作或创作，也无不具有这种民歌的浓厚色彩，其风调也无不酷肖《子夜》、《读曲》；然而这只是风调的相同（这就是后人讥六朝文风为绮丽、浮艳，甚至讥为淫靡的缘故），而不是体制体裁的相似。新乐府辞的结构体裁，毕竟还是像古诗一样的错杂不整齐而又没有什么规则的诗体；而萧衍等人的拟作或创作，则正是齐梁时由古诗的错杂不整齐而又没有规则的形式，逐渐趋于形式整齐声调谐和的格律诗——骈偶诗。这只要把"搴枕北窗卧，郎来就侬嬉。小喜多唐突，相怜能几时"（《子夜歌》）和上面萧衍拟作的一首对照一下，其体裁的差别，就一目了然了（萧衍拟作共有十八首，无一首无对偶，全对偶的则有八首之多，而《子夜》则否）。

从实说来，五七言绝不应追溯到汉魏时代的短古、短歌，也不应追溯到晋宋以来的新乐府辞，因为这是没有痕迹可寻的。所以严格地说，五七言绝句应从沈约创为四声、八病之后，诗人们所创作出来的四句八句形式整齐声调谐和的格律诗——骈偶诗去寻出其演进的过程或线索。因为这种四句尤其是五言四句形式整齐的格律诗——骈偶诗，是最先逐渐发展成为与唐代五绝差不多格调的新体（七绝的发展较迟）。从上面所举的例，就知道它是先于五律而出现的。这在王绩的《野望》出现以前，已是屡见不鲜的了。至于王勃写作七绝时，"四杰"们还未有写过一首七律（明杨升庵在其《千里面谈》中，引梁简文帝《春情》一首，陈后主《听筝》一首，温子昇《捣衣》一首，隋王绩《北山》一首，认为都是七律滥觞，其实是不对的，因为这四首诗，都杂有五言二句，还是齐梁民歌的体制。——诗见附录）。何况绝句之名，早已出现。它又从何而截取律诗一半而成呢？其对偶的部分，正是徐、庾等人创作的整齐骈偶的格律诗所遗留的痕迹。徐陵的八句形式整齐骈偶的格律诗,初时四联都是对偶,即使他们后来已有变化的创作,也还是有三联对偶的。四句形式整齐的五言诗也是一样,初时两联全都对偶,绝句出现后的这一类作品,像庾信在北周时所作的如《寄王琳》等也都保留着一联对偶。如前举徐、庾的八句诗,前二首全是对偶,后一首则三联对偶。兹再举四句的于下,以见一斑;亦足以证吾言之不谬。

(一)萧绎的《咏萤》云:

著人疑不热,集草讶无烟。到来灯下暗,翻往雨中然。

(二)庾肩吾的《乱后经吴邮亭》云:

泣血悲东走,横戈念北奔。方凭七庙略,誓雪五陵冤。

(三)庾信的《寄王琳》云:

玉关道路远,金陵信使疏。独下千行泪,开君万里书。

前二首全是对偶,后一首只首联对偶(从宽度来说,末联也还是对偶)。庾信这诗和上举《慨然有咏》,都是在北周时所作,时间很后,相当于南朝陈代末叶,恐怕也和江、王等有意来加以变化吧!

到了陈、隋,江总和王胄的四句五言诗(见前),已都有意加以变化而只留一联对偶了。这是一个进步。就是到了唐初的五绝,也还是保留着一联对偶,而其时像王绩的《野望》五律诗,还未有出现于人间。这又从何而截取律诗的上半或下半或头尾呢?何况律诗之名尚未出现之前一百年,绝句已见于徐陵所编的《玉台新咏》中。那时萧、庾等人的绝句,其严整的程度,虽还未达到唐代绝句的地步,但总不能否认它们已是唐代绝句的雏形吧。它们是向着唐代绝句而发展而转化。它更在何处找得尚未出世的律诗来截取呢?至于说截取中间,更是闭着眼睛说话。从上所述,我们知道五绝两联都是对偶,还是跟着庾肩吾等人的脚步而没有加以变化(全首都是对偶,正是齐梁四句八句形式整齐的格律诗的特色),最多只能说是庾肩吾等人的诗的翻版,怎么可以说是截取中间?须知"四杰"之前,律诗尚在母胎中而未成熟,是不是从腹中来截取中间、上半、下半或头尾呢?虽三尺之童,亦知其谬。总之,未有树木,拿什么供人截取?由此言之,绝句非截句也明矣。此其一。

退一步来说,姑且承认他们的所谓截,试从骆宾王的《狱中闻蝉》和宋之问的《度大庾岭》这两首五律来分析他们之所谓截,看他们还有何说?原来骆、宋这两首五律,都是保留徐、庾等骈偶诗的前三联对偶。请问截上半是什么样形式?是两联对偶吧!那么截中间又如何?也是两联对偶吧!然则截上半与截中间,有什么分别?又请问截下半又成了什么样子?是前联对偶后联不对偶吧!那么截头尾又如何?也是前联对偶后联非对偶吧！然则截下半与截头尾，又有何异（唐代初期的律诗，还有不少四联都是对偶的，这更不必说了）？这样，他们岂不是犯了逻辑上的"自语相违"么？这与印度所谓"吾母是石女"之说何异？由此言之，绝句非截句也明矣。此其二。

再者，近人郑振铎因坚持绝句是截句的主张，在其所著《中国文学史》中，竟说五绝、七绝是在律诗发展发达后才产生出来，并用此来作为"绝句即截句"的论据。这是"头脚倒置"之说。看来，他是见到盛唐的七绝很为盛行，如王昌龄、王之涣等都做了很多而又很好的七绝，就这样武断的吧！这样，他就抹煞了王勃诗集中只有七绝而并无七律的史实。以编著文学史的人竟采取这种态度，总是欠严肃吧。律诗一名，当然唐代才有；但绝句一名，已在比唐早两个朝代的梁时出现于世了。

郑氏已提过徐陵所编的《玉台新咏》。他自己编著的《中国文学史》又是以从原始材料摘录古代文学作品为其特点，当然不会不见到《玉台新咏》所著录的绝句。见到了，就当然不会不知绝句之名已在梁时出现。但他却只说：梁陈的别一种新体（恐怕是讳言"绝句"一名吧），像梁简文帝、吴均、江总之流的作品，更具体的成为流行的诗格，这便启示着"律诗时代"的到来。既启示律诗的到来，还不是律诗的前身吗？又说李百药的《咏蝉》，已宛然是沈宋体的绝句。李是由隋入唐的诗人，比四杰早很多,更不用说沈、宋,而李百药这么早就已完成了沈宋体的绝句!其前后矛盾若此,足见其说之非。"绝句"之名与实,都先于律诗而出现,在中国的文学史实中,已得到确切的证明,任何人也不容否认和抹煞的。前人能依据后人的诗来截取什么……岂不笑话!由此言之,绝句非截句也又明矣。此其三。

我们从中国文学发展过程中揭示出这三个铁证,已有逻辑上足够的理由,以推翻"绝句即截句"的主张者的论点了。

但是绝句一名的涵义,又是什么?从古以来都说:一韵不成诗,一联也不成诗。反之,最低限度必须有两韵有两联(超过一联)才能成诗。而绝句已具备了最低限度的两韵和两联而成诗的了。由此又得出:"绝也者,最低限度之谓"的结论。因为再低于这个限度则不能成诗。故绝句的涵义,只能是如此不能是如彼或其他。清人纳兰容若虽有:"六朝人,凡两句谓之'联',四句谓之'绝',非必以四句一篇者为绝也"之言(见《渌水亭杂识》)。然其最后一句话是错的。徐陵是六朝人,其所编之《玉台新咏》,就把四句一篇的叫作绝句或古绝句。这就足证明凡四句成一篇者始谓之"绝"了。且历来对于长篇只有说:这是诗中的第一联或第二联,而并不说:这是诗中的第一绝或第二绝的话。可见"凡四句谓之绝",指的就是以四句为一篇者也。又按照《玉台新咏》所著录的"绝句"和"古绝句"来比较一下,就发现"古绝句"最多只有一联平仄相对称,而"绝句"则必有一联对偶。因此,我推测徐陵当时对于"绝句"的涵义,可能是这样:"绝也者,最低限度必须有一联对偶之谓;无对偶,纵使有一联平仄相对称,亦只可能谓之'古绝'而已"。我这个推测对不对不能肯定;还得请高明指教。

在"句式与谱调"一节说过:首句不起韵的五绝最先具备完全无缺的四种句式,律诗是依原谱重复一次。有人据此就说绝句是基础,律诗是在原有基础上建起来的上盖即房屋,绝无基础从上盖即房屋截出来之理。并以此来反驳"绝句即截句"的主张者。不过,如果撇开"绝句出现在先、律诗出现在后"的文学史实,而单从近体诗的格律来驳倒他们,理由还不充足,论据还是薄弱。因为他们可以说:无疑首句不起韵的律诗,后四句是重复了前四句的谱调,但律诗前四句的谱调原来如此,并非依绝句重复一次。反之绝句却是抛弃了律诗的重复部分,而取其不重复部分以成诗,还是从律诗截留了一半。这样一来就再难反驳了。我们则不然,我们是站在"绝句先出律诗后出"这个中国文学史实的铁证上,来肯定绝句是基础,律诗只是从这个基础上建起来的上层建筑物。如果我们也用这个基础与上层建筑的论据来进行反驳,他们就无话可以再说了。但我们已有了上面三个铁一般的论据,足以推翻他们的论点而有余。故无须再用这基础与上盖的论据。这里不过作为补充说明而已。

还得补充几句：施补华在其《岘傭说诗》上举出"岁岁金河复玉关，朝朝马策与刀环。三春白雪归青冢，万里黄河绕黑山"（刘方平《征人怨》），就断言是截七律中间四句的。这真可把岳珂讥刘过为"白日见鬼"一句话转赠给他。不知他在什么地方见过律诗有第三句押韵的（近体除首句可押韵外，单句不得押韵）。这不是"白日见鬼"是什么？对于律诗的结构体制，尚且不懂，还谈什么截律？和这首《征人怨》一样首句起韵又对偶的七绝，在唐诗中还有不少，其实自初唐王勃开始写作七绝以后，所有唐人七绝，不论首句起韵与否，也不论首联对偶，或末联对偶，或全首对偶，以至于全不对偶的，都是上举陈隋诗人的诗的翻版，即使退一步说，也不过是由齐梁以来四句、八句形式整齐的格律诗直接演进而来，而并非由沈、宋及其以后兴盛起来的七律截出。这又是铁证。

又《文体明辨》上谓唐人绝句，皆称律诗。并举李汉编《韩昌黎集》把绝句并入律诗为证。殊不知律诗一名有广狭两义：狭义是指中间两联对偶的八句诗而言，亦即通常所称的律诗；广义即是格律诗，这只看白乐天自编诗集就分歌行乐府（古体）与格律诗（近体——包括绝、律、排律在内），便可明白。后来编《元白长庆集》的人,把格字省却,但内容还是与白自编的一样,李汉不过沿用此名,其意还是指格律诗(即近体)的。我们绝对不能据此而得出"绝句是从律诗发生出来"的结论的。

上面不只一次地说过:齐梁时四句八句齐齐整整的格律诗——骈偶诗,是直接发展为唐代近体诗的前身。而近体诗则又比格律诗前进了一步。其进步的地方在于格律诗——骈偶诗只有辞的相对称,而声即平仄则不一定相对称,此其一;近体诗后联上句必与前联下句的平仄基本相同,这就是所谓相粘。此其二。有了这两个进步,所以,又可以说近体诗是中国诗的体制发展的最高形式,此后再无可进展了。如果说有进展的话,那就只可成为另一体的形式,词就是其显著的例。但我们只可叫它为词而不再叫它为诗了。

陆　论对偶

近体诗的绝诗有两联,律诗有四联,这指的是声的相对称;而对偶,它所指的是词的相对称。绝句有对偶(沈、宋以前的绝句都是有对偶,而且两联对偶的也还不少),律诗也有对偶,而且更规定中间两联(即第二第三联)必须对偶。我们可以说律诗在诗的演进过程中,初则保留徐陵等四联都是对偶的格律诗中的前三联对偶(参看第二节举出的例诗),后则只把中间两联对偶保留下来而加以规定。这与绝诗一样是一个进步。近体诗既有对偶,所以有许多人专在对偶上面做功夫,并且认为有工整的对偶为好诗。唐初上官仪且规定"诗有六对"(后又有八对之说),分析诗的对偶是极为细密而严整的。然而他却把诗的创作局限在这些上面,就非常错误的了。因为这样烦琐而又严格,就太过束缚思想啊!兹把他的"诗有六对"和后来又加两对合成八对分别举出,并加以分析,然后总括为两类对偶来讲,使它精简明了,易于运用。

上官仪的"诗有六对":

一曰正名对,天地日月是也;二曰同类对,花叶草芽是也;三曰连珠对,萧萧、赫赫是也;四曰双声对,黄槐、绿柳是也;五曰叠韵对,彷徨、放旷是也;六曰双拟对,春树、秋池是也。

虽然有了这样的规定,但诗人尤其富有才情的诗人,大多都不十分遵守的。我们试一翻一般的唐、宋诗选集,就知道依照这种规定的少,不依照这种规定的反居多数;这也就告诉我们不必为这种规定所限制所约束了。

下面把这六对分别来解释一下,并各举一些例证,使我们明白诗人们是否十分遵照这种规定。

一 正名对

这是指天文、地理所包括的一切实体,因此又可叫做天文地理对或天地对。规定必须用这些实体来作对偶,不过这一类所规定的范围较广,因而也易于遵照一些。例如李白的《渡荆门送别》一诗,就有这么两对:"山随平野尽,江入大荒流"和"月下飞天镜,云生结海楼"。山与江,月与云,都包括在天文地理的范围内。杜甫的"星垂平野阔,月涌大江流"和"远水兼天净,孤城隐雾深"。也是一样。不过后一联的水与城为对,已溢出这个范围了。因为"城池"等是人工所造的,不是天地包括的自然实体。还有很多很多都不依照这种规定的,如李白的"拨云寻古道,倚树听流泉"和"两水夹明镜,双桥落彩虹";杜甫的"浮云连阵没,秋草遍山长"和"天风随断柳,客泪堕清笳"等等都是用树、桥、草、泪等来对天地包括的自然实体,这就违反了这种规定了。

二 同类对

这是指必须用同一种类的实体来作对偶。但内容分得很是琐碎繁杂:它里面分植物、飞禽、走兽、人体、制作、人名、地名、时间、节令、空间方位、颜色、数目,和度、量、衡等等。这样的规定,范围太狭窄了,太严格了,简直有些使人无从依照它。因此只把植物、飞禽、走兽这三种举例来说明便了,其余一概从略。

植物对植物——"竹喧归浣女,莲动下渔舟"(王维);"圆荷浮小叶,细麦落轻花"(杜甫),这都对了。但不对的更多:"一径野花落,孤村春水生";"对门藤盖瓦,映竹水穿沙"(俱杜甫对),"春光白门柳,霞色赤城天"(李白)等等,就用水、天等来对植物了。

飞禽对飞禽——"转枝黄鸟近,泛渚白鸥轻"和"两个黄鹂鸣翠柳,一行白鹭上青天"(杜甫),这都对了。但"落日邀双鸟,晴天卷片云";"草黄骐骥病,沙晚鹡鸰寒"(杜甫);"雁引愁心去,山衔好月来"(李白)等等,却又用云、骐骥、山等来对飞禽,又违反了规定了。

走兽对走兽——这种对更难了,虽然走兽很多,但人们所能见闻得到的却少。不特在《唐诗三百首》所选的律诗中,就连我自己读过的唐律中,也找不出一对来。即使在我读过的宋律中,也只找到一联。这一联是:"怒狸朝搏雁,嚼虎夜窥骡"(王安石),这可算是绝少有的了。故这种对能依照规定的百不得一;不依照规定的则俯拾即是。如上举杜甫的一联,就用飞禽来对走兽。此外都是用其他实体来对,韩昌黎甚至用"家"来对马:"云横秦岭家何在,雪拥蓝关马不前。"这样就告诉我们:对偶的范围可以扩阔到极度的了。

三　连珠对

珠子相随出现叫做连珠,两个相同的字跟着出现也叫做连珠,亦即叠字,因此后人改称叠字对。这种对没有人不会,故一直通行,这毋须举例,因为总没人会把两个不同的字来对两个相同的字。

四　双声对

是指同声母的两个字,照现今拉丁化的说法是同一个子音得声的两个字便叫双声。依照上官仪原举的例:"黄槐"同一个 H 得声,"绿柳"同一个 L 得声。用这样的两个字来做对偶,就叫双声对。但因太狭隘,所以宋人已废而不用,以后更不知双声为何物。

五　叠韵对

两字同韵谓之叠韵,必须叠韵字与叠韵字相对。叠韵字虽不算很少,但律诗和词(词可以平声对平声)不一样,必须平声叠韵字与仄声叠韵字相对,这就范围缩小了,因此能依照这种规定来做对的,就少之又少。在《唐诗三百首》中只能找得一联:"远路应悲春婉晚,残宵犹得梦依稀"(李义山)。以杜甫"晚节渐于诗律细"的诗人,也只得用非叠韵的"黄昏"二字,来对叠韵的"朔漠"二字:"一去紫台连朔漠,独留青冢向黄昏",就都因此故。

六　双拟对

是指两个实体或名词的前面各附加一个拟义的词而言；附加的词，不论用名词、动词、形容词或双音词都可以。这种词实际很多，因此这个规定的范围也较广，对起来也容易。如上面举过的李白一联："月下飞天镜，云生结海楼"，各在实体词"镜"与"楼"的前面加上一个名词"天"与"海"便是。又如白乐天的一联："吊影分为千里雁，辞根散作九秋蓬"，便是各在实体词"雁"与"蓬"的前面加上一个双音词"千里"与"九秋"的。

至于后来所加的两对是：流水对（下面再解释）和歇后对。所谓歇后是歇了之后的意思，这很像出灯谜给人猜一样，出谜的人说：你先猜猜吧，歇一会之后再把谜底揭出。写的是谜面，用来对的是谜底。如"新弦更染应无泪，旧梦重寻却黯然"（我的旧作），这用"黯然"对"无泪"就是用"黯然"的歇后即谜底来对，因黯然者断魂、消魂之谓也。这就成了以"断魂"对"无泪"了。不过这种对偶，不论在唐诗或其以后都很少见。因此再举一联旧作来，使人更加了解歇后的意义："我心虽匪石，彼性实难移"一联中的"匪石"就是"不可转"的谜面，这就等于以"不可转"来对"实难移"了（《毛诗》："我心匪石，不可转也"）。

有人说苏东坡咏雪的"冻合玉楼寒起粟,光摇银海眩生花"一联是歇后,又有说是用事。照我的分析,二者皆非。因为"玉楼"与"银海",只是道家的习语,他们叫两肩为玉楼,叫双目为银海。如果道家中人看了这两句诗,其意自明,故非歇后;而这又不同于佛家说:"读书是图遮眼耳"成为故实(《传灯录》:"僧问药山为什么看经?"师曰:"吾只图遮眼"),故用"遮眼"来指读书,是用事也是歇后。但用"玉楼"与"银海"来指两肩和双目,只不过是用道家习语来入诗而已,并非用事。我们看了这两句诗而不能了解,是因我们非道家中人。所以我们可以说东坡是用隐语对隐语,或者说是用代字对代字。记得从前曾有过一联:"架空无法图遮眼,腹俭难吟学捻髭。"这里的"遮眼"可说是合"用事"、"歇后"与"代字"三者为一。因为它出自佛家故事,又是"读书"的谜面,又是"读书"的代替词的缘故。说到这里,不禁想起先师王国维来。他是最反对用代字和用事(又叫隶事或使事)的。关于诗词是否绝对不可使用代字和使用故实的问题,不想在这里占去正文的篇幅,只可另辟附录来加以说明。

现在将繁化简总括为"诗的两对":

(一)一般的对偶。这是总括了正名对、同类对、双拟对三者合并为这一般的对偶,就使得所有实物都可以用来作对偶,而且虚亦可对实。如"身无彩凤双飞翼,心有灵犀一点通"(李义山),这是以虚词的"通"对实词的"翼"。又如"不好诣人贪客过,惯迟作答爱书来"(吴梅村)。这是以动词"答"对名词的"人"。这样把对偶的幅度,扩充到极大的限度;就会运用灵活而不受束缚了。因为诗的对偶毕竟不是对联。毋须像:"门前杨柳绿,窗外杏花红"这样的工整。所以说是一般的对偶,而不是有限制的对偶。例如杜甫就有"酒债寻常行处有,人生七十古来稀"的一联,竟以"七十"对"寻常"。这不是把幅度扩充到无限的广阔吗?不过所谓合并三者为一,是指这三者所规定的词,都可以互相用来对偶之意。若就这种对偶的句子结构来说则是一种平列的复句,故又可叫做平列对。因为是平列,就不同于流水对,故也包括叠字对、叠韵对在内。

(二)流水对。这是要上、下两句才能表达一个完整的意义的对偶。例如上面所举骆宾王《狱中闻蝉》一诗中的"不堪玄鬓影,来对白头吟"便是。因为"不堪玄鬓影"意尚未完,必待下句才完。又如:"若使人生无别恨,只除江水不东流"(清黄景仁,他最善运用流水对的),和"忽闻河北单归燕,又在城南广置筵"(我的旧作)都是。又有:如果不是这样,结果必会那样的对偶,有人另起一名叫做因果对,但多数人还是把它归到流水对中来。例如李商隐的"玉玺不缘归日角,锦帆应是到天涯"(《隋宫》)一联,便是这一类。这一联对偶做得极工整而又宛转入妙。所以能够善于运用流水对,就会使诗情委婉美妙而且活泼起来。这是很宝贵的一种对偶,值得我们取法的。因为它必须接续下句意义才完。它便像流水一样不间断地接续流去,故叫它做流水对。这种对偶,在句子的结构上是一种主从复句,它与平列复句不同,故又可叫主从对。

做对偶最忌"合掌",因为合掌就是两句同一意义;两句同一意义就是辞费,所以必须避免。例如:江文通的《别赋》中有"驾鹤上汉,骖鸾胜天"的一联,两句一样是:上天求仙。这可算是典型的"合掌"了,必不可犯。

尽管对偶是律诗的不可缺少的组成部分,然而诗毕竟是"情动于中而形于言",是"哀乐之心感而歌咏之声发"的产物。它是表达思想感情的东西,故必须有意境,又须有声辞做表达意境或境界的工具;这三者缺一不可。但总以意境或境界为主要,因为意境或境界是诗的灵魂,辞藻不过是仪态,而声调也不过是诗的衣饰,两者都只是诗的外壳。没有灵魂只有外壳,不得谓之诗;没有高妙的意境或境界,而只有悠扬的声调和美丽的辞藻,不得谓之好诗。必须三者配合得恰当,才称得是好诗。因此,那些只注重美丽的辞藻和工整的对偶的人,是只见个别的树木而不见整体的森林,是本末倒置。如果美丽的辞藻、工整的对偶而损害意境或境界,则是万万不能容许的。我们宁可有损于外壳不能有损于灵魂。在下再举几个例子来作证明。

李白的好诗不论古体与近体，都是举不胜举的。但他并不追求美丽的辞藻和工整的对偶或奇警的句子。他律诗中的对偶，多不大工整的。那首《渡荆门送别》的五律有"山随平野尽，江入大荒流"和"月下飞天镜，云生结海楼"两联工整的对偶。说它工整，是这对偶中的"山、江"，"月、云"，"天、海"相对，是符合"正名对"所规定天文地理包括的实体；"野"与"荒"，也是地理所有物；而"镜"与"楼"相对，则又符合"同类对"的制作一种。这都算得好对。但这首诗虽好，总不及历来人们所盛赞的《登金陵凤凰台》之高超。而这首七律中的对偶，并不工整。如以"衣冠"对"花草"（原句见下面），以"白鹭洲"对"青天外"（原句见后），都不符合"诗有六对"的规定。又如杜甫《秋兴》有"红豆（又作香稻）啄余鹦鹉粒，碧梧栖老凤凰枝"一联，真可说是极尽工整之能事了。然而在杜集的律诗中，此诗并非上乘之作，大大不及《闻官军收河南河北》一首之俊妙（原诗见前）。但以"欲狂"对"何在"一联，并不工整，比之"红豆"一联，相差何止万里。我们只看这两个例证，便可知其中的消息了。

更举一个"好对"而损害了意境或境界的例，来结束这一节的文章。

明代后七子最先的领袖谢榛（字茂秦），他最注重对偶。在他的《四溟诗话》中录出他做的"好对"，差不多达到一百对。他好为人家改诗,不但为当时人改,并且还为古人改。他曾改杜牧七律中的一联对偶而闹出大笑话来。杜牧的一联是"深秋帘幕千家雨,落日楼台一笛风",他改为"深秋帘幕千家月,静夜楼台一笛风"。孤立一联来看,他改得的确比原对好,表现情景亦极佳。然而却违反了原诗的意境——境界。原来杜牧此诗是咏江南雨后近黄昏时的情景,而他改作夜景,就与其余各句成了一个大矛盾,岂不笑话!

杜牧原诗云:

> 六朝文物草连空,天淡云闲今古同。鸟去鸟来山色里,人歌人哭水声中。深秋帘幕千家雨,落日楼台一笛风。惆怅无因见范蠡,参差烟树五湖东。

柒 论拗体诗——破格破律诗

近体诗的格律是很严的：平仄必须协调，一联的平仄必须相对称；后联上句又必须与前联下句的平仄相黏合。格律太严，有时就难免损害意境或境界。而意境或境界，我们上面说过是诗的灵魂，声、辞只不过是诗的外壳，必须三者配合恰当，才称得是好诗。但在声、辞发生矛盾时，怎么办呢？假若弃辞就声，则以外壳损害灵魂，舍声从辞，则又违反背格律。我们上面又说过：宁可有损于外壳而不可有损于灵魂。故在此种情况之下，则打破格律就有必要。打破格律未免有损于外壳，未免有缺陷，然而太阳黑点丝毫无损于其光明。打破格律，于是就有所谓"拗体诗"的出现；但叫它做破格诗或破律诗，也无不可，不必拘泥于名称。

一句的平仄失调，是破格律；一联的平仄失对，是破格律；前后联的平仄失黏，也是破格律。通常叫它做"拗"。失调叫做"拗句"；失对、失黏叫做"拗式"。"拗式"毫无疑义就是"拗体诗"。单拗一句不能叫做"拗体诗"；必须再拗、三拗、四拗（亦即再破、三破、四破、三破、四破是指律诗而言,绝诗只有四句,三破已是体无完肤了,四破则势不至寿终正寝不止),才算是"拗体诗"。

首先说一个人人所熟知的故事:相传唐代崔颢游黄鹤楼时,想到黄鹤楼中的鹤,早已被仙人骑去,而今黄鹤楼只是一个空名,几时黄鹤再来使此楼名副其实!不禁有伤逝之感,便欲以此意题一首七律于壁上。但他又想到,依照律诗的格律,就不能很好地表达这样的思想感情;他于是大胆打破格律,题下一首被后人称为拗体(即破格律,崔颢其时尚未有拗体诗之名吧)的诗:

> 昔人已乘黄鹤去,此地空余黄鹤楼。黄鹤一去不复返,白云千载空悠悠。晴川历历汉阳树,芳草萋萋鹦鹉洲。日暮乡关何处是,烟波江上使人愁。

后来李白到黄鹤楼,也想题诗,先把壁上旧题全读一遍,读到崔作,放下笔说:"眼前有景道不得,崔颢题诗在上头",终不留题而去。迨至金陵,写了一首《登金陵凤凰台》:

> 凤凰台上凤凰游,凤去台空江自流。吴宫花草埋幽径,晋代衣冠成古丘。三山半落青天外,二水中分白鹭洲。总为浮云能蔽日,长安不见使人愁。

说这首诗可以颉颃崔颢。

李白被崔颢《黄鹤楼》压倒而不肯留题的,不在崔诗意境或描写方面有什么高超之处(当然崔作是好诗),而是在崔诗上半完全打破了律诗的格律,极尽错综变化的能事，从而丰富了诗的缺陷美；而下半又保存了律诗的齐整美，使两美互相辉映调和。这是崔诗的好处或可说是难得处。李诗中间两联都失黏，而无损于全诗的齐整美，更增强了两联本身声调的谐美。故认为足与崔诗抗礼。

然而那些强调拗体的人，却说崔诗的好处和非常难得处在于他创作了两个五平式拗句："昔人已乘黄鹤去"是平平平平平仄仄（七言他们仍主张一、三不论，故有此五平句式）；"白云千载空悠悠"是平平仄仄平平平（他们所谓五言第三、七言第五字要有条件，故第五字不能当仄）；一个七仄句"黄鹤一去不复返"；一个仄起四平句"此地空余黄鹤楼"（也是第五字不能当仄）。而且认为对七言拗体有指导性作用。这是不负责任或闭眼的讲法。上面说过崔诗上半完全打破格律，极尽错综变化的能事。这便是使后来好作拗体的人望尘莫及，确是他难得之处（大概崔、李上列二诗是拗体七律的典型吧）。然而这些拗句，是古体诗的本色（古体不注重整齐，它趋于整齐只是由南朝开始，当然古人——盛唐以前的人不叫他做拗句也不知拗体为何物），所在多有。我们可以断然地说：一切近体诗的句式（一般称它为律句），都非唐人创作的，更何有于拗句（其实古句）。无征不信，且从中国文学的史实举例来分别证明上列拗句并非崔颢的创作吧：

五平句：晋阳山头无箭竹——庾信。这与"昔人已乘黄鹤去"有何分别？

牵牛织女遥相望（平）——曹丕。这与"白云千载空悠悠"又有什么不同？

七仄句：愿得连暝（仄）不复曙——《读曲歌》。这与"黄鹤一去不复返"异在何处？

仄起四平句：各自东西南北流——鲍照。这与"此地空余黄鹤楼"又有什么毫厘之差？

由此看来，显见崔颢是效法古人的（其实《全唐诗》没有一句句式是独创的）。然而他们却不去检查一下中国文学的史实，即贸贸然作为自己对崔颢的新发现。这不是闭着眼睛来说话吗？

从上列崔、李二诗，我们可以知道，打破格律或拗，也能够做出好诗来。所以破格破律或拗，也是不妨的。

拗体诗可分：失黏对的拗和拗句的拗。李白《登金陵凤凰台》是前一种；崔颢《黄鹤楼》是后一种。但只有拗一句（单拗），是不能算做拗体诗的。例如上面举过骆宾王的《狱中闻蝉》，其结句之前一句："无人信高洁"是二、四同声的正式拗句（四杰当时也未知所谓拗吧）。又如杜甫的"正是江南好风景"是四、六同声的正式拗句（杜甫生在崔、李之后，当然是有意拗这一句）。但没有人认为骆、杜这两首诗（杜是《江南逢李龟年》——七绝）是拗体诗的。反而说拗一字使句健又使收结句不致柔弱。这样的拗，都是在尾句之前一句，而且是把后三字应该"平仄仄"的改为"仄平仄"。这是常见的拗句。不过沈、宋以前的诗人，还未知有所谓拗，更谈不到是有意来做这样的拗句的。而其以后的诗人才是有意来拗这一个字而已（其实只是有意用一句古句）。这样的拗，诗人们甚至认为是很时髦的。所以绝诗必须再拗，在律诗甚至要三拗四拗（崔诗便是四拗）才算得是拗体诗。因单拗无损于全诗的声调及其齐整美，这也和太阳黑点无损于其光明一样。崔诗第一句后，不再拗也得，而他竟一拗再拗以至三拗四拗，无非觉得单拗是像一幅海上孤帆，未免太过单调，须在旁边点缀几只沙鸥，才见风致。故不惜拗至四句，来增强其缺陷美。

然而那些迷醉于拗救的人，却认为再拗就是"以拗救拗"，更认为"有拗必有救"，不救便是失律。其实拗就是破格破律，"以拗救拗"，还是破格，还是失律。这里不能应用代数学上负乘负得正的道理，因再拗以至三拗四拗是加添上去的，几多个负相加，结果还是负。如此说来，"以拗救拗"岂不是"以薪救火"火势更盛么？如果说拗是缺陷，而缺陷又有其缺陷美的话（他们也是这样说的），那么救了岂不是丧失了这种缺陷美？既然承认拗是一种缺陷美，既已美了何用救为？说至此，讲一句广州俗语，也是很有意味！广州有句俗语说："一粒豆皮（麻痘的瘢痕）三分贵"，这是说一个美丽的脸蛋，有了一粒麻瘢，就增加三分美丽，多了便不美了。救是增多缺陷，反为不美。我们也承认拗是有其缺陷美，但不承认救了就不失律。再拗以至三拗四拗，不过如上面所说是增强其缺陷美而已。何得谓之救？更何必救！因为单拗已是有缺陷美啊！拗一字已使句健啊！

既然"有拗必有救"了，然而他们又搬出："有些可救可不救"和"有些不用救"的例外来。这不是企图以此自圆其说吗？用他们的话说，不过企图以此来挽救其"有拗必有救"的漏洞罢了。至于失黏对的拗，他们还是坚决主张"有拗必须救"的。空言无益，我们还是举出例证来，看他们怎样回答。上举"王杨卢骆"的一首七绝，是杜甫《戏为六绝句》之一。杜甫自定居成都草堂后，生活比较安定，就"晚节渐于诗律细"，而且喜欢做拗体。他这首七绝的后联是失黏的，而他竟不救。则又何说？孤证难成铁，请再看杜牧一首《赠别》的七绝：

娉娉袅袅十三余，豆蔻梢头二月初。春风十里扬州路，卷上珠帘总不如。

这诗后联也是失黏，而杜牧也是不救。这更有何说呢！有此二例，其说不攻而自破了。

还有，他们为了替"拗救"找依据，又认为"一、三、五不论，二、四、六分明"是极不周严的讲法。由此又提出："五言第一字，七言第一、第三两字，可以无条件不论，五言第三字、七言第五字还是有条件的"的主张。这是因为：如果承认一、三、五不论，则拗句便作了大幅度的减缩，他们要用来救的依据便很少了。照理，一、三、五是同位格，一可一不可，这在逻辑上恐怕说不过去吧！然而他们却像煞有介事地说得天花乱坠，并罗列了许多许多拗句的形式和例证：什么五仄五平啦，什么四仄四平啦，什么仄起三平、平起三仄啦，什么四仄救四平、四平救四仄啦，又什么首句救失黏啦！不一而足，应有尽有。而对二、四或四、六同声的正式拗句，反认为"半拗不救"。甚者更把古人诗句："空令岁月易蹉跎"中的令字，硬读为仄。这个"令"也如"教"字一样有平仄二读，但是像"空令"、"但令"（看上举宋之问诗）"任令"等就必须读为"零"，这也像"空教"、"但教"、"任教"、"偏教"等一样必须读为平声"交"。不但诗人们自己不会当仄声来用，也从来没有人把它们读为仄声，只有作名词用的，例如"县令"、"陶令"、"宗教"、"教师"等才读为仄。他们硬读为仄是有企图的：即以此作为"五仄二平"的拗句例证。他们即便能自圆其说，亦不过枝叶虽荣本根已槁罢了。这样支离破碎，极度烦琐，真令人"目迷五色"如堕五里云雾中去，使初学者更难了解，既未了解，则运用自无从说起！这正如韩愈所谓"可怜无补费精神"，实属辞费之极！

有人虽亦同意："五言第三、七言第五字要有条件不论"（我也曾说过同意），但这个同意的目的，只是要避免一首诗的句尾出现过多古体常见的"平平平"、"仄仄仄"、"仄平仄"、"平仄平"等的句式而已。完全与他们替"拗救"来找依据者不同。

他们一方面说:"有拗必有救",一方面又说了许多例外。这是楚人矛盾之说。首句可以救后头各句,是未有敝而救敝,何异痴人说梦。他们扰扰攘攘、琐琐碎碎地说"拗救",而又可东可西,可南可北,漫无一定标准,处处模棱,反说"拗体"也有格律,也有规则,未免自欺欺人!"有拗必有救",救而又拗,拗而又救,而绝诗只有四句,律诗只有八句,势必拗到破到体无完肤(连一句律句都没有)不止。但他们却仍津津乐道:"此是拗体绝诗,彼是拗体律诗。"其实绝诗只保留一句律句,律诗而一联对偶都没有,这还成什么近体诗?无怪清季就有人把这样的绝诗叫做"古绝"了。然而他们对此又哓哓有辩地说:近体而有"古绝",连唐人都未想到;从而认为滑稽。殊不知把这样的绝诗叫做"古绝"的人,正是否定它为近体诗,怎能误解为"近体的古绝"?原来"古绝"一名,并不是清季诗人的"自我作古",而是有其根据的。这只要把徐陵编的《玉台新咏》的目录一翻,其卷十就有"古绝句四首"的著录,便可证明。四首都无作者姓名,而形式都不整齐,与《七步诗》差不多。但徐陵却标题为"古绝"。这不是清人名之为"古绝"的根据么?想来徐陵是有意把这四首来与同书中所著录萧纲和吴均或其时在北朝的庾信所作绝句相对待吧！不然的话，哪有这么的巧合？下面录出这四首中之二，把它和上面所举萧、庾等人的绝句比较一下，便容易见到它们是大大不同的。

古绝四首之二：

(1)南山一桂树，上有双鸳鸯。千年长交颈，欢爱不相忘。

(2)日暮秋云阴，江水清且深。何用通音信，莲花玳瑁簪。

这两首古绝，显而易见：与《七步诗》相近的多，与萧、庾等的绝句相近者少。两首都没有对偶，前一首只有一律句，后一首末联都是律句，而且平仄都相对称。但徐陵还是把它与萧、庾等的绝句分别开来而给它以"古绝"之名，这是意味深长的。有了一联平仄完全相对称的律句（当然徐陵时还没有律句之名，但总算形式很整齐的句子），而徐陵尚且给它以古绝之名（看来他认为没有一联对偶的吧）。那么，唐代的拗绝又为什么不可以叫做"古绝"呢？

至于说拗体与格律相辅相成，格律要求齐整美，拗体则要求缺陷美，这还是有道理的。

总之，格律不妨打破，亦即不妨拗。这是古今来富有才情的诗人，大都如此。这是由于诗以灵魂为主、外壳为次的缘故。所以，与其损害灵魂，毋宁打破外壳。

是内容(意境或境界)决定形式(声、辞),有什么样的意境或境界,就决定要用什么样的声、辞来表达。故有时破了格律或拗了声辞而不自知。虽然发觉了,也不必救。只要拗而无损于灵魂,或拗而把意境或境界表达得更好,又何必顾虑到失律! 当然,不失律而能好,就要求不失律了。

沈、宋是完成了近体诗体制的人,也确定了近体诗的格律。然而他们又不得不破自己认可的格律。例如沈佺期的《邙山》七绝:

北邙山上列坟茔,万古千秋对洛城。城中日夕歌钟起,山上惟闻松柏声。

又如宋之问的《三阳宫侍宴应制得幽字》七律:

离宫秘苑胜瀛洲,别有仙人洞壑幽。岩边树色含风冷,石上泉声带雨秋。鸟向歌筵来度曲,云依帐殿结为楼。微臣昔忝方明御,今日还陪八骏游。

沈诗后联失黏,宋诗第二联也失黏。恐怕不能说他们已意味着这是"拗体诗"! 更不能说他们已知道"拗救"了吧! 其实即便崔颢、李白,也未必已有了"拗救"的观念。他们只不过如上面所说:觉得一破未免单调,再破、三破、四破,才有错综变化之妙;才会增强其缺陷美罢了。故"有拗必有救"只是清人施闰章的"妙论"而已。如果硬说沈诗的"松柏声"是用来救后联的失黏,纵使沈、宋复生,也是不能首肯的。充其量亦只能说沈、宋觉得不妨破之而已。我们看了上列二诗,就更明白格律不妨打破的道理。那么,时至今日,我们又何必顾虑必要时的失律呢!

捌　论诗题与意境——境界

记得从前有人教人作诗，谓作诗首先要立题，题高则诗高。共实像"怀古"、"咏史"、"咏物"等的诗题，又从何表现得出是题高呢！但立题当作立意来说，则是不易之理。所以立题还是次要，立意才是主要。虽然有的诗题，可以概括意境，但只能概括单纯的意境，而不能概括复杂而宛曲的意境的。例如"金陵怀古"的诗题，六朝都建都金陵，所怀是哪一个朝代，还得先立定一个意境。如果六朝都作所怀的对象，势不至于平铺直叙不止。这样，又怎能有要着之笔。这样而求得诗高，岂不是废话。故《诗》三百篇和《古诗十九首》，都是无题。晚唐李义山的《锦瑟》、《为有》、《如有》等的诗题，都与诗的意境毫无关系，不过是随便拈取诗中头两个字为题而已。这虽有题也是无题；有时简直连这种题目也不用，干脆写上"无题"二字。非无题也，诗中的意境，不能以题尽之也。因此有人说："诗有题而诗亡，词有题而词亡"的话，这是有所见而云然。由此可知意境——境界是先务之急了。

上篇 近体诗指要

诗词都以意境——境界为最上。有了真实的意境——境界，则自然成为高品，也自会有佳句名句。但境又分：有我之境与无我之境。"万里赴戎机，关山度若飞"（《木兰辞》）；"百舌问花花不语，徘徊似怨横塘雨"（温飞卿），是有我之境。"采菊东篱下，悠然见南山"（陶渊明）；"漠漠水田飞白鹭，阴阴夏木啭黄鹂"（王维），是无我之境。有我之境，境中渗有我的思想感情。所谓以景寓情，即物抒情即是。无我之境，是自然物的本身，而我即在物中，故不知何者为我，何者为物。所谓物我两忘、情景融合即是。故写有我之境易，写无我之境难。因此古代诗人，写有我之境者为多。写无我之境者，除陶渊明、王维外，更难有足称的了。

我们作诗，主要先有了意境——境界，才可着手，立题是其次要。因为先立题，多少要受诗题的约束，不能驰骋自如。故李义山有许多诗，是做好了才拈取诗中头二字来作诗题，就是这个缘故。比如怀古、咏史、咏物等题材的诗，即使不是单纯怀古、咏史、咏物，而是借古寄慨，即史托兴，因物抒情，也总不能完全离开所怀所咏的对象。否则，就只是比兴而不是怀古、咏史、咏物的诗了。所谓多少要受诗题的约束者，即是此故。盖这类诗是有其一定的限制的。如果完全描写所怀所咏的对象，一直说去，不留余地，虽极尽工巧刻划的能事，但总缺乏了思想感情。这是违背了"情动于中而形于言"的原则，成了只是有诗的形骸而无诗的实质。如果能像陶渊明、王维把我融在古中、史中、物中,不知何者为我,何者为古、为史、为物,当然成为高品,但又谈何容易！记得从前有过这样的四句:"路又弯弯山又重,高低那复辨西东。回头忽绕花明外,转眼还迷柳暗中",也只差强人意而已。所以这类诗是很难做得好的,尤其近体诗只有四句或八句,也就更难了。

在这只有四句或八句狭小的篇幅中,既能描写对象,又能寄慨,所以必须做到:"楚雨含情皆有托"(李义山),才算得是上品。如苏东坡的《食荔支》一绝,在"日啖荔支三百颗"之后,来一句"不辞长作岭南人",就有了无限的感慨与余味。又如刘禹锡的一首:《金陵怀古》七律,从来都认为怀古诗中的首屈一指,也是如此。他不特能舍去六朝其他各代,而只把握着一个东吴;又能突出了长江天堑不足恃、横江铁锁也不足恃(何者足恃,则成了言外意弦外音了)的一点。他这样就不为六朝繁华多态所左右,而主动地去裁剪——只慨叹于"千寻铁锁沉江底,一片降旗出石头"的了。这也就像:好景当前,映眼都美,大有顾此失彼之虞,而富有才情的美术家摄影师,却能捕捉了其最突出的一点来描画来摄入镜头一样。这也如诗人的用事,若能做到"使事不为事所使"(张玉田),便掌握了主动,而避免了"胶柱鼓瑟"之弊。那些以切定或扣紧题目为好诗的,也坐致此弊。

有了意境——境界,就能即事兴慨,触景生情,就能做出好诗来。否则,成了"无病呻吟""言之无物"的虚壳。所以诗是不能徒作,而必须依照白乐天所说的"诗歌合为事而作"的一句话。因为这样才可以做出内容充实的好诗。诗歌既为思想感情的产物,则"谁能思不歌,谁能饥不食"(《子夜歌》)。故诗词者,"物不得其平则鸣"(韩昌黎)者也。所谓欢娱之辞难工,愁苦之音易巧;所谓诗穷而后工;和司马迁所谓"此人皆意有郁结,不得通其道,故述往事思来者",都是指此。

在开头时曾说过:近体诗易学而难工。其所以难工,就因近体诗只有四句或八句,字数无多,绝不容一直说去不留余地。故比古体更要含蓄,更须言有尽而意无穷。也不能平铺直叙、事事堆垛,而必须"意在笔先,神余言外"。亦即必须有言外之意、弦外之音。更不能像议论地斩钉截铁和硬梆梆的,而必须"空灵而不质实",如羚羊挂角,无迹可寻;又要如:空中之音,水中之月,镜中之影,无所沾滞,使人领悟于一刹那。更不要被诗题所束缚所限制,而驰骋其想象力,使意境——境界更真实地更宛转地表达出来。所谓真实,就是真的景物、真的感情,因为境就包括这两者而言,非只谓景物之谓,盖喜、怒、哀、乐也是人心中的一种境界,或如通俗所说的是心中的景象。故能写出真景物真感情的,才称得有境界。不过真景物,并不像"自然主义"者纯客观地毫无保留地写出来，而是通过主观的选择或安排，以突出其特点；或则捉住其稍纵即逝之一刹那，以领悟其基本特质。这样的写实，其境界才合乎理想。所谓景即是情，所谓即景抒情，就是谓此。这是写境是写实。然而又有所谓造境，古代诗人尤其南宋词人，就惯于"设景寓情"，这是以理想来造境。但其所造之境，虽极尽幻想之能事，然必合乎自然，必有一定的实际反映。所谓情即是景，就是谓此。一个诗人，任其是怎样的写实主义——现实主义者，也必须有丰富的理想力——幻想力，才称得是好的现实主义者，或者说是真正的现实主义者。否则，就只是一个自然主义者。法国的巴尔扎克是属于前者，左拉便属于后者。反之，一个具有无比理想力——幻想力的诗人，其幻想也必须有一定的真实根据，才称得是现实的浪漫主义者或者说是高明的浪漫主义者。否则，就不过是一个庸俗的浪漫主义者而已。唐代的李白就是一个现实的浪漫主义者，李贺的幻想力更比李白进一步，如他的"梦天"就是一例。他是与李白同是高明的浪漫主义的双璧。只可惜李贺享年太短，只有二十七岁，不然的话，他恐怕会超过李白也说不定。在中国找不出一个完全脱离现实的浪漫主义的大诗人；也找不到一个自然主义的文学家。陶渊明、王维虽是善于写"无我之境"的大诗人，但不是真的"无我"而是"物我两忘"。所以造境与写境，理想与写实，虽有分别，但又统一起来。作诗能不被诗题所束缚,就能达到有题也是无题,无题也是有题的化境。这种化境,就和一幅混涵的好山水画一样,断不能指:此是某山,此是某河。明白了这些,则对于诗词之道,就可以思过半了。

最后,把上面古人所说关于诗词之道的话,串成一首集句短诗,作为诗词的一种准则:

> 楚雨含情皆有托(李义山),
> 诗歌合为事而作(白乐天)。
> 物不得其平则鸣(韩昌黎),
> 使事不为事所缚(张玉田)①。

---

① 末句"缚"本是"使",因押韵改,但意思无大出入。

附录一

一 关于使用代字的问题

记得先师王国维(他是我的私淑老师)在四五十年前指导我诗词之道时曾说:能于诗词中不为美刺、投赠之篇,不使隶事之句,不用代替粉饰之字,则于此道思过半矣。又说:在诗词中尤其忌用代替字,周美成《解语花》之"桂华流瓦",境界极妙,可惜以"桂华"代替月亮。梦窗(吴文英)以下,用代字更多,其所以然者,非意不足则语不妙。盖意足则不暇代,语妙则不必代。又说:沈伯时《乐府指迷》,惟恐人不用代字,谓说桃须用红雨、刘郎等字,咏柳须用章台、灞岸等字。果以是为工,则古今类书俱在,又安用诗词为!如不用代字,则情景表现得更真切,字字如在目前。果如是则臻于自然神妙之化境矣。

先师这些话,当然有很充分的理由,但不能肯定绝对不可用代字和用事,只能说可避免则须避免。这是要看时间、地点、条件而定。即在什么时候什么场合什么条件之下才可用。诗（近体）词是有平仄声调的限制，又有对偶（律诗必须中间两联对偶，词虽有对偶但不严格），所以在为了调协平仄为了对偶与韵脚的关系，就不得不用代字或用事。例如在论对偶一节所举东坡的"玉楼"与"银海"一联，就无关于平仄与对偶，实在可不用这两个词来代替的。因为"两肩"与"双目"的平仄，无异于"玉楼"与"银海"的平仄，并且对称得更工整。这不是绝对可以避免用代字吗？但东坡偏偏要用道家的习语来对，只可说他是要炫耀其广博而已。不过他在另一首《初入赣过惶恐滩》的"七千里外二毛人，十八滩头一叶身"一联就因为对偶的关系而以"二毛"二字代替"老"字。又如"沧海沉珠垂玉箸，歌筵背客抱铜琶"（旧作）一联也是为了对偶的关系而以"玉箸"代替"泪"了。又如白乐天《琵琶行》的"梦啼妆泪红阑干"一句却为了韵脚的关系，因其上二韵是"寒"韵的缘故。因此就用"阑干"来代替"眼眶"。至于《长恨歌》的"玉容寂寞泪阑干"一句就无关韵脚，此句不押韵，本可避免用来代替眼眶的。

　　向来的注家，都把白乐天这两句的"阑干"解作"纵横"，那是大错特错的。虽然阑干是用横直木料制成，可作"纵横"解，如"北斗阑干南斗斜"（刘方平的《月夜》七绝）句中的"阑干"就应解作"纵横"。但白的两句则否，必须作"眼眶"解才合原意。如果把"红阑干"解为"红纵横",岂非笑话! 它的原意是:梦里啼的妆泪(染着脂粉的泪)红了眼眶。另一句的"泪阑干",孤立起来,虽可作"泪纵横"解,然而这样,则下一句:"梨花一枝春带雨"便成了多余。泪纵横已形容尽致了,何必又来一句梨花带雨,诗人断不会如是的辞费! 况且"梨花带雨"是形容梨花承不住春雨而簌簌地落下的状态。诗人此处正是描写眼泪的两种必然过程,是有先后的次序的。因为眼泪先是填满眼眶,因眼眶承受不住许多泪,必然跟着簌簌而下,就像梨花承不住春雨而簌簌落下一样。这样的形容,不能不说是"维妙维肖"的,我们岂能粗心大意地放过。因此这一句与下一句合起来是:"玉容寂寞泪盈眶,梨花一枝春带雨"(似乎这里不用代字更真切)。这虽可解作泪纵横地流着,又像梨花带雨地落下,然而总不免于重复。

有时暗指事物,也不得不用代字。如东坡另一首咏雪的"但觉衾裯如泼水,不知庭院已堆盐"一联,便用"盐"来代雪。虽"盐"字是韵脚,但这两首诗都不明指雪的(古人有"诗中要避免出现题目中的字"的说法)。有时已明指了,但还要再提它,则再提时也不得不用代字。如"香盘腻发春云湿,酒入寒肌夜玉妍"(王次回),这是先已提了"发"与"肌",故再提时不得不用"云"与"玉"来代。又如"才湔罗帕相思泪,又见红冰迸襟来"

（旧作《撼庭竹》），上句已提"泪"，下句不得不用"红冰"来代"泪"了。

二　关于使用故实的问题

在诗词使用故实就叫做隶事，亦叫做使事，又叫用事。先师王国维曾说：以《长恨歌》之壮采，而隶事只有小玉、双成四字。从而推崇白为才有余并讥吴梅村的《圆圆曲》一开首就非隶事不可，非隶事不可就是才劣。其实非隶事不可，则隶事也未可厚非了。就以《长恨歌》此处的描述来说，则决定白乐天亦非隶事不可的。因此处是描写上界，就不能不用两个仙女的名字，这是一切文艺上所谓"内容决定形式"的问题。写上界而用仙女之名，也和写月宫而用嫦娥之名一样是不可避免。如果写上界而偏偏要用下界惯用的"小婢"、"丫鬟"，就大煞风景了。由此看来，隶事也就不能绝对不可用。所以隶事可否的问题，也就不能作出一刀两断的论断，而必根据"内容决定形式"来做。如上举《长恨歌》的例，就是内容决定它不得不使事的明证。

内容决定要使事而故意避免，则反为不美。反之，可避免使事而偏要使事，就是太滥了。因此有人说庾子山、吴梅村有使事太滥之弊（在中国文学史上最好使事莫如他们两人）。吴梅村的《圆圆曲》，一开首就用了一句"鼎湖当日弃人间"的使事,用黄帝在鼎湖升仙的故实来暗指崇祯之死。这本来可避免的,而他则否。这就难免使事太滥之讥。《长恨歌》开首不是用"汉皇"来暗指唐明皇么?"鼎湖"二字实在也可改用"汉皇"二字,而梅村偏要使事,难道有难言之隐?或在满清铁蹄之下讳言满汉之分?

至于"浣纱女伴忆同行"一句,因为要与上句"教曲妓师"对偶,就不能避免使事而用西施的故实来指陈圆圆了(梅村这诗是要尽量突出圆圆的绝艳来烘托吴三桂的痴迷,以至不惜引满人入关。这是梅村最痛恨三桂之处。相传三桂做了平西王不久,即备白银三千两,使人携赠梅村,请求他把"冲冠一怒为红颜"一句删去,但梅村不为三千两所动,足见其对三桂因一陈圆圆而认贼作父之痛恨)。又有人说:"遍索绿珠围内第,强呼绛树出雕阑"为滥用故实。在我看来,梅村此处并非使事而是用两个绝艳的舞妓之名来代替圆圆的(陈圆圆也是出身歌妓)。此处两个代替词固然也可避,把绿珠、绛树改为佳人、少妇或红袖,亦未尝不可,然总不能突出陈圆圆是一个绝艳歌妓来,故以不避免为佳。由此言之,则凡以一简单的概念,就可以表达复杂的情意之时,就不得不使事或用代了,这恐怕是向来文人使事或用代字的主因吧。

至于在有难言之隐时,就不能不借事见意了。这样的使事也是不可避免的。如李义山有怨于令狐绹(当时的丞相、又是义山的好友)不肯引见当时的唐皇帝,甚或皇上问及他而令狐只支吾以对的事。但又不能明言,只得用了"刘郎已恨蓬山远,更隔蓬山一万重"的使事来表达他的隐衷。那些因畏惧文字狱而使用故实,就不在话下了。

总之,使事也和用代字一样,在不得不使用之时,还是不能废弃的。而且使事又有只用一个简单的双音词,就能表达繁复的意境或美妙的境界的好处,又如何能弃而不用呢!

附录二

诗的四声与近体诗的用韵,在正文中已有说明,即已说过四声的分别;也说过近体诗除首句起韵外,均在双句用韵,单句则不许,也即是指明必须隔句用韵,至于用韵的根据,还没有交代清楚,因此再加以补充说明。

唐是以诗赋取士的时代,吏载温庭筠每入试,押官韵作赋,凡八叉手而八韵成,时号八叉。这所谓官韵,就即规定应试赋诗必须遵用的韵目,所谓八韵成,就是做成十六句的五言长律。又载祖咏应试,有司试以"终南望余雪",咏仅赋"终南阴岭秀,积雪浮云端。林表明霁色,城中增暮寒"四句交卷,或诘其何故只写一半,咏曰:"意尽。"本来应赋四韵八句,祖咏只赋得四句,由此知道唐代考试赋诗的诗是近体诗的律诗。其官韵则规定三十个平韵韵目,不得押仄韵的。这三十个韵目分作两组:

甲组:一东,二冬,三江,四支,五微,六鱼,七虞,八齐,九佳,十灰,十一真,十二文,十三元,十四寒,十五删。

上篇 近体诗指要

乙组：一先，二萧，三肴，四豪，五歌，六麻，七阳，八庚，九青，十蒸，十一尤，十二侵，十三覃，十四盐，十五咸。

因为规定如此，所以做律诗的人绝无用仄韵者。现存唐诗的绝句用仄韵的也是绝少，而且那些仄韵绝句，严格说来，只是古绝而非近体绝句（绝句，古绝之名，早在齐梁时已出现）。

平韵只有上列三十个韵目，凡包括在这三十个韵目内的字，均属平声字。因此想知道平仄的具体分别，查一查《辞源》、《新字典》（商务印书馆出版）与《辞海》（中华书局出版）等工具书，看所查的字是标明什么韵，如属上列三十个韵目之一的就是平声，否则就是仄声。这不但方便而且具体准确。

至于这三十个韵目，是否可以相通？古体诗可通韵是毫无疑义。如：东、冬相通，真、文、元相通，庚、青、蒸相通，支、微、齐、佳、灰相通，先、寒、删相通，萧、肴、豪相通等等都有一定的规定。但近体诗的规定是很严格的，只许各个韵目单独用韵。其所以如此严格，当然是唐代试场所规定。其次，律诗如首句不起韵，则只有四韵，绝句则只二韵。如此少数，即使最窄的韵目如三江、九佳也很易找得出来押韵，无须与别的韵目通押了，而且非应试的诗又可以借韵呢！

规定虽是严格，如非应试应制的诗，则富有才情的诗人如李白等，还不是绝对遵守的。例如一东、二冬可以通押，就因此二韵目中许多字都是同音，不说东、冬吧，龙与胧是同音，而一入二冬一入一东；屏与平同音，而一入九青一入八庚。这是没有什么道理的。李白有一首五律原用八庚韵，却押了一个九青韵"亭"字；戴叔伦的一首原用二冬韵，却押了一个一东韵"虫"字。由此可以肯定：东、冬通押，庚、青通押，均不成问题。其他如：圆与园同音，而一入一先一入十三元；繁与帆同音，而一入十三元一入十五咸；茅与矛同音，而一入三肴一入十一尤。看来也没有什么理由。但唐宋诗人还没有敢于破格，所以还是肯定这些韵目暂不得通押，必须等待以后的音韵家共同研究并整理出一部新韵目来，以资依据。否则各自依自己主观来通押，还有什么近体诗格律呢！

再说一说近体诗的句法。依照句的结构组织来说，必须具备一个主语一个述语，才可叫作句子，此在散文必须如此。如"葡萄美酒夜光杯"只排列两个名词的句子，是散文所不许的，但在诗词中则可，而且所在多有。又如"云想衣裳花想容"并不见有主语与述语，在散文也是不许的。这一句诗本是"我见了云彩就想到美人的衣裳，见了花就想到美人的容貌"的意思。我是主语，见了云彩或花是述语。但"我"与"见了"在句中没有一些影子,又不是显然的省略。

又近体诗句的读法。五言通常是二、三读,七言通常是四、三读。但不能绝对化,还要看词意如何以为定。例如:"沉香亭已杳",就不能作二、三读而必须作三、二读;又如"可怜无定河边骨",就不能作四、三读而必须作二、五读。因"沉香亭"与"无定河"都是一个专有名词,不容拆开。又如"中天月色好谁看",也不能作四、三读而必须五、二读。

诗词的句法不必有主语与述语,这是与散文大不相同的地方。所以不能用散文的句法来解释诗句的意义,必须照意境来了解。

上面的附录和正文中,曾提过不少诗句。兹把全文分别查出录下:

初入赣过惶恐滩　　苏东坡

七千里外二毛人,十八滩头一叶身。
山忆喜欢劳远梦,地名惶恐泣孤臣。
长风送客添帆腹,积雨浮舟减石鳞。
便合与官充水手,此生何只略知津。

雪后书北台壁之一　　苏东坡

黄昏犹作雨纤纤,夜静无风势转严。
但觉衾裯如泼水,不知庭院已堆盐。
五更晓色来书幌,半夜寒声落画檐。
试扫北台看马耳,未随埋没有双尖。

老树花　　谢　崧

开落无端老树花,凄凉二十度霜华。
回文悲断锦机妇,薄暮啼残衰柳鸦。
沧海沉珠垂玉箸,歌筵背客抱铜琶。
红楼短梦成追悔,风雨难教返钓槎。

撼庭竹——效山谷　　谢　崧

怕见庭前飘落梅,回步掩罗帷。炉香渐断烛光低,月影沉西漏声稀。卧觉冷侵被,坐又眼波垂。　一自明妃去紫台,从此四弦凄。才揾罗帕相思泪,又见红冰迸襟来。雁字尽南回,锦字莫新裁。

注:下片"相思泪"二句后改作:"情知今日难为尔,一片红冰抹还来。"

赠端己，时湘云在坐　王次回

淡月帘栊画烛筵，燕台佳句柳枝怜。
香盘腻发春云湿，酒入寒肌夜玉妍。
眼媚暗流灯影外，唤声低彻枕函边。
湘君一夕啼多少，染得衾斑似竹鲜。

无　题　李义山

来是空言去绝踪，月斜楼上五更钟。
梦为远别啼难唤，书被催成墨未浓。
蜡照半笼金翡翠，麝薰微度绣芙蓉。
刘郎已恨蓬山远，更隔蓬山一万重。

观胡人吹笛　李　白

胡人吹玉笛，一半是秦声。
十月吴山晓，梅花落敬亭。
愁闻出塞曲，泪满逐臣缨。
却望长安道，空怀恋主情。

江乡故人偶集客舍　戴叔伦

天秋月又满,城关夜千重。
还作江南会,翻疑梦里逢。
风枝惊暗鹊,露草覆寒虫。
羁旅长堪醉,相留畏晓钟。

凉州词　王　翰

葡萄美酒夜光杯,欲饮琵琶马上催。
醉卧沙场君莫笑,古来征战几人回?

清平调之一　李　白

云想衣裳花想容,春风拂槛露华浓。
若非群玉山头见,会向瑶台月下逢。

陇西行　陈　陶

誓扫匈奴不顾身,五千貂锦丧胡尘。
可怜无定河边骨,犹是春闺梦里人。

宿　府　杜　甫

清秋幕府井梧寒,独宿江城蜡炬残。
永夜角声悲自语,中天月色好谁看。
风尘荏苒音书绝,关塞萧条行路难。
已忍伶俜十年事,强移栖息一枝安。

月　夜　刘方平

更深月色半人家,北斗阑干南斗斜。
今夜偏知春气暖,虫声新透绿窗纱。

附录三

这个附录是要尽可能地把正文提过的诗,检查出来,以供参考(但较长的古体不录)。

渡河北　王　褒

秋风吹木叶,还似洞庭波。
常山临代郡,亭障绕黄河。
心悲异方乐,肠断陇头歌。
薄暮临征马,失道北山阿。

拟咏怀之一　庾　信

怀抱独惛惛,平生何所论。
由来千种意,并是桃花源。
榖皮两书帙,壶卢一酒樽。
自知费天下,也复何足言。

七步诗　曹　植

煮豆燃豆萁,豆在釜中泣。
本是同根生,相煎何太急!

子夜歌

夜长不得眠,明月何灼灼。
想闻歌唤声,虚应空中诺。

读曲歌

歔欷暗中啼,斜日照帐里。
无油何所苦,但使天明尔。

六忆二首　沈　约

忆来时,灼灼上阶墀。
勤勤叙别离,慊慊道相思。
相看常不足,相见乃忘饥。

忆眠时,人眠独未眠。

解罗不待劝,就枕更须牵。
复恐旁人见,娇羞在烛前。

渡荆门送别　　李　白

渡远荆门外,来从楚国游。
山随平野尽,江入大荒流。
月下飞天镜,云生结海楼。
仍怜故乡水,万里送行舟。

寻雍尊师隐居　　李　白

群峭碧摩天,逍遥不记年。
拨云寻古道,倚树听流泉。
花暖青牛卧,松高白鹤眠。
语来江色暮,独自下寒烟。

秋登宣城谢朓北楼　　李　白

江城如画里,山晚望晴空。
两水夹明镜,双桥落彩虹。
人烟寒橘柚,秋色老梧桐。
谁念北楼上,临风怀谢公。

金陵送张十一再游东吴　李　白

张翰黄花句,风流五百年。
谁人今继作,夫子世称贤。
再动游吴棹,还浮入海船。
春光白门柳,霞色赤城天。
去国难为别,思归各未旋。
空余贾生泪,相顾共凄然。

与夏十二登岳阳楼　李　白

楼观岳阳尽,川迥洞庭开。
雁逐愁心去,山衔好月来。
云间连下榻,天上接行杯。
醉后凉风起,吹人舞袖回。

旅夜书怀　杜　甫

细草微风岸,危樯独夜舟。
星垂平野阔,月涌大江流。
名岂文章著,官应老病休。
飘零何所似,天地一沙鸥。

野望　杜　甫

清秋望不极,迢递起层阴。
远水兼天净,孤城隐雾深。
叶稀风更落,山迥日初沉。
独鹤归何晚,昏鸦已满林。

秦州杂咏之一　杜　甫

南使宜天马,由来万匹强。
浮云连阵没,秋草遍山长。
闻说真龙种,仍残老骕骦。
哀鸣思战斗,迥立向苍苍。

遣　怀　杜　甫

浮眼看霜露,寒城菊自花。
天风随断柳,客泪堕清笳。
水净楼阴直,山昏塞日斜。
夜来归鸟尽,啼杀后栖鸦。

为农 杜甫

锦里烟尘外,江村八九家。
圆荷浮小叶,细麦落轻花。
卜宅从兹老,为农去国赊。
远惭勾漏令,不得问丹砂。

秦州杂咏之一 杜甫

传道东柯谷,深藏数十家。
对门藤盖瓦,映竹水穿沙。
瘦地翻宜粟,阳坡可种瓜。
船人近相报,但恐失桃花。

遣意 杜甫

啭枝黄鸟近,泛渚白鸥轻。
一径野花落,孤村春水生。
衰年催酿黍,细雨更移橙。
渐喜交游绝,幽居不用名。

寄第五弟丰　杜　甫

乱后嗟吾在,羁栖见汝难。
草黄骐骥病,沙晚鹡鸰寒。
楚设关城险,吴吞水府宽。
十年朝夕泪,衣袖不曾干。

秦州杂咏之一　杜　甫

东柯好崖谷,不与众峰群。
落日邀双鸟,晴天卷片云。
野人矜绝险,水竹会平分。
采药吾将老,儿童未遣闻。

绝句四首之一　杜　甫

两个黄鹂鸣翠柳,一行白鹭上青天。
窗含西岭千秋雪,门泊东吴万里船。

咏怀古迹之一:明妃　杜　甫

群山万壑赴荆门,生长明妃尚有村。

一去紫台连朔漠,独留青冢向黄昏。
画图省识春风面,环佩空归夜月魂。
千载琵琶作胡语,分明怨恨曲中论。

秋兴之一　　杜　甫

昆吾御宿自逶迤,紫阁峰阴入渼陂。
香稻啄余鹦鹉粒,碧梧栖老凤凰枝。
佳人拾翠春相问,仙侣同舟晚更移。
彩笔昔曾干气象,白头吟望苦低垂。

江南逢李龟年　　杜　甫

岐王宅里寻常见,崔九堂前几度闻。
正是江南好风景,落花时节又逢君。

乌　塘　　王安石

地僻居人少,山稠伏兽多。
怒狸朝搏雁,饥虎夜窥騾。
篱落生孙竹,门庭上女萝。
未应悲寂寞,六载一经过。

贬潮州示侄孙湘　韩　愈

一封朝奏九重天，夕贬潮州路八千。
欲为圣明除弊事，肯将衰朽惜残年。
云横秦岭家何在，雪拥蓝关马不前。
知汝远来应有意，好收吾骨瘴江边。

自河南经乱关内阻饥兄弟离散各在一处因望月有感　白居易

时难年荒世业空，弟兄羁旅各西东。
田园寥落干戈后，骨肉流离道路中。
吊影分为千里雁，辞根散作九秋蓬。
共看明月应垂泪，一夜乡心五处同。

春　雨　李商隐

怅卧新春白袷衣，白门寥落意多违。
红楼隔雨相望冷，珠箔飘灯独自归。
远道应悲春晼晚，残宵犹得梦依稀。
玉珰缄札何由达，万里云罗一雁飞。

无 题　李商隐

昨夜星辰昨夜风,画楼西畔桂堂东。
身无彩凤双飞翼,心有灵犀一点通。
隔座送钩春酒暖,分曹射覆蜡灯红。
嗟余听鼓应官去,走马兰台类转蓬。

隋 宫　李商隐

紫泉宫殿锁烟霞,欲取芜城作帝家。
玉玺不缘归日角,锦帆应是到天涯。
于今腐草无萤火,终古垂杨有暮鸦。
地下若逢陈后主,岂宜重问后庭花。

雪后书北台壁之一　苏东坡

城头初日始翻鸦,陌上晴泥已没车。
冻合玉楼寒起粟,光摇银海眩生花。
遗蝗入地应千尺,宿麦连云有几家。
老病自嗟诗力退,空吟冰柱忆刘叉。

幽居和友人韵　　谢　崧

秋风秋雨一年年,得胜闲身欲谢天。
绿酒可堪消块磊,白头只合伴林泉。
新弦更染应无泪,旧梦重寻却黯然。
倾尽百壶人未寐,茕茕愁背短灯前。

戏赠张八君　　谢　崧

我心虽匪石,彼性实难移。
若信长相守,须防悔恨迟。

雨日无聊率赋　　谢　崧

午卧交床梦不甜,欲临茶馆苦廉纤。
架空无法图遮眼,腹俭难吟学捻髯。
一字深惭成寸晷,万言可得值三缣。
终然掷笔焚香坐,聊把棋分黑白奁。

雪伶由东北归京师柬请赴宴并观其自排新剧以诗却之　　谢　崧

十斛明珠锦百缠,只赢两字是无缘。

忽闻河北(白狼河)单归燕,又在城南广置筵。
纵有凝心寻旧梦,应无热泪染新弦。
任教花艳重招展,可我已成入定禅。

注:此诗曾载樊樊山所编《梨园周报》,甚得其赞赏,尤赏第三联,有委婉缠绵不尽之意。

梅 村　吴伟业

枳篱茅舍掩苍苔,乞竹分花手自栽。
不好诣人贪客过,惯迟作答爱书来。
闲窗听雨摊诗卷,独树看云上啸台。
桑落酒香卢橘美,钓船斜系草堂开。

太白楼留别史阢庵　黄景仁

五年三度客南州,强半登临在此楼。
若使人生无别恨,只除江水不东流。
歌残白纻辞官阁,吟断青山上客舟。
却羡枯溪溪柳色,解将青眼为君留。

燕歌行　庾　信

代北云气昼昏昏,千里飞蓬无复根。
寒雁丁丁渡辽水,桑叶纷纷落蓟门。
晋阳山头无箭竹,疏勒城中乏水源。
属国征戍久离居,阳关音信绝能疏。
愿得鲁连飞一箭,持寄思归燕将书。
渡辽本自有将军,寒风萧萧生水纹。
妾惊甘泉足烽火,君讶渔阳少阵云。
自从将军出细柳,荡子空床难独守。
盘龙明镜饷秦嘉,辟恶生香寄韩寿。
春分燕来能几日,二月蚕眠不复久。
洛阳游丝百丈连,黄河春冰千片穿。
桃花颜色好如马,榆荚新开巧似钱。
蒲桃一杯千日醉,无事九转学神仙。
定取金丹作几服,能令华表得千年。

燕歌行(其一)　曹　丕

秋风萧瑟天气凉,草木摇落露为霜,群燕辞归雁南翔。
念君客游思断肠,慊慊思归恋故乡,何为淹留寄他方?
贱妾茕茕守空房,忧来思君不敢忘,不觉泪下沾衣裳。

援琴鸣弦发清商,短歌微吟不能长。明月皎皎照我床,星汉西流夜未央。牵牛织女遥相望,尔独何辜限河梁。

拟行路难(其四)　鲍照

泻水置平地,各自东西南北流。
人生亦有命,安能行叹复坐愁。
酌酒以自宽,举杯断绝歌路难。
心非木石岂无感,吞声踯躅不敢言。

读曲歌

打杀长鸣鸡,弹去乌臼鸟。
愿得连冥不复曙,一年都一晓。

锦　瑟(有题即无题,三首)　李商隐

锦瑟无端五十弦,一弦一柱思华年。
庄生晓梦迷蝴蝶,望帝春心托杜鹃。
沧海月明珠有泪,蓝田日暖玉生烟。
此情可待成追忆,只是当时已惘然。

诗词指要

为　有　李商隐

为有云屏无限娇,凤城寒尽怕春宵。
无端嫁得金龟婿,辜负香衾事早朝。

如　有　李商隐

如有瑶台客,相难复索归。
芭蕉开绿扇,菡萏荐红衣。
浦外传光远,烟中结响微。
良宵一寸焰,回首是重帏。

金陵(又作西塞山)怀古　刘禹锡

王濬楼船下益州,金陵王气黯然收。
千寻铁锁沉江底,一片降幡出石头。
人世几回伤往事,山形依旧枕寒流。
从今四海为家日,故垒萧萧芦荻秋。

惜春词　温飞卿

百舌问花花不语,徘徊似怨横塘雨。

蜂争粉蕊蝶分香,不似垂杨惜金缕。
愿君留得长妖韶,莫逐东风还荡摇。
秦女含嚬向烟月,愁红带露空迢迢。

饮酒第五　陶渊明

结庐在人境,而无车马喧。
问君何能尔,心远地自偏。
采菊东篱下,悠然见南山。
山气日夕佳,飞鸟相与还。
此中有真意,欲辨已忘言。

积雨辋川庄作　王　维

积雨空林烟火迟,蒸藜炊黍饷东菑。
漠漠水田飞白鹭,阴阴夏木啭黄鹂。
山中习静观朝槿,松下清斋折露葵。
野老与人争席罢,海鸥何事更相疑。

鹧鸪天——春暮独游越秀公园　谢　崧

路又弯弯山又重,高低那复辨东西。回头忽绕花明外,转眼还迷柳暗中。　　风荡荡,水溶溶。天空飘絮水漂蓬。满园无限春光里,数颗樱桃叶底红。

食荔支　苏东坡

罗浮山下四时春,卢橘杨梅次第新。
日啖荔支三百颗,不辞长作岭南人。

子夜歌之一

谁能思不歌,谁能饥不食。
日冥常户倚,惆怅底不忆。

木兰辞

　　唧唧复唧唧,木兰当户织,不闻机杼声,唯闻女叹息。问女何所思,问女何所忆。"女亦无所思,女亦无所忆。昨夜见军帖,可汗大点兵,军书十二卷,卷卷有爷名,阿爷无大儿,木兰无长兄,愿为市鞍马,从此替爷征。"

　　东市买骏马,西市买鞍鞯,南市买辔头,北市买长鞭。旦辞爷娘去,暮宿黄河边。不闻爷娘唤女声,但闻黄河水流鸣溅溅。旦辞黄河去,暮至黑水头。不闻爷娘唤女声,唯闻燕(阴)山胡骑鸣啾啾。

万里赴戎机,关山度若飞。朔气传金柝,寒光照铁衣。将军百战死,壮士十年归。归来见天子,天子坐明堂。策勋十二转,赏赐百千强。可汗问所欲,"木兰不用尚书郎,愿借明驼千里足,送儿还故乡。"

爷娘闻女来,出郭相扶将。阿姊闻妹来,当户理红妆。小弟闻姊来,磨刀霍霍向猪羊。开我东阁门,坐我西阁床。脱我战时袍,着我旧时裳。当窗理云鬓,对镜贴花黄。出门看火伴,火伴皆惊惶。"同行十二年,不知木兰是女郎。"

雄兔脚扑朔,雌兔眼迷离。两兔傍地走,安能辨我是雄雌。

八咏之一　　沈　约

登台望秋月,会圃临春风。
秋至愍衰草,寒来悲落桐。
夕行闻夜鹤,晨征听晓鸿。
解佩去朝市,被褐守山东。

春　情　梁简文帝

蝶黄花紫燕相追,杨低柳合路尘飞。
已见垂钩挂绿树,诚知淇水沾罗衣。

两童夹车问不已,五马城南犹未归。
莺啼春欲驶,无为空掩扉。

听　筝　陈后主

文窗玳瑁影婵娟,香帏翡翠出神仙。
促柱点唇莺欲语,调弦繁爪雁相连。
秦声本自杨家解,吴歈那知谢傅怜。
只愁芳夜促,兰膏无奈煎。

捣　衣　温子昇

长安城中望夜长,佳人锦石捣流黄。
香杵纹砧知近远,传声递响何凄凉。
七夕长河烂,中秋明月光。
蠮螉塞边绝候雁,鸳鸯楼上望天狼。

北　山　王绩

旧知山里绝氛埃,登高日暮心悠哉。
子平一去何时返,仲叔长游遂不回。
幽兰独夜清琴曲,桂树凌云浊酒杯。
槁项同枯木,丹心等死灰。

下篇 长短句指要

壹　词的起源与特点

词为抒情诗体,是配合音乐来歌唱的乐府诗。但此处只是指晚唐五代及宋代发展起来的新诗体而言,通常名之为唐宋词。又因唐为中国诗的高峰,而词则到宋时始臻于极盛,所以又有唐诗宋词的称号。

词并非直接从前代的乐府诗发展起来,亦非由近体诗直接转化,而是一种新兴的歌诗。它的内容、形式、风格以至于表现手法,均与乐府诗有显著的差异。它在各方面均有自己的特点,并从发展过程中形成自己独立的传统,而且在音乐上与前代的乐府诗是属于不同的系统。

词既然与音乐有不可分离的密切关系,因此还得说明一下隋唐时代的音乐。

隋唐音乐有三个系统:

(一)雅乐——汉魏以前的古乐;

(二)清乐——即清商曲,是魏晋以后的民歌;

(三)宴乐——又名讌乐或燕乐,是宴会时演奏的音乐,其主要的成分是西域音乐,故又名胡部乐,此为隋唐时代最流行的音乐。

西域音乐早在北朝已传入中国,然而到隋唐时代而始大盛,并在中国各地普遍流行起来,这种西域音乐,是包括中亚与印度(缅甸也在内)经由西域传入的音乐。燕乐就是以这大量传入的胡乐为主体的新乐,但其中还含有中国民间音乐的成分。它实在是中外音乐交融结合的一种新音乐。

由此而言,词乃起源于胡夷之曲与里巷之歌。其所配合的音乐,主要就是燕乐。燕乐的主要乐器是琵琶(宋时则主要为觱栗)。琵琶是弦乐器,共有二十八调,繁复多变化,在音律上有很大发展,可以用它来创制出无数动听的新乐曲,这种以新乐曲为主的燕乐,在当时社会上风行一时,给予文人诗歌与民间乐曲以很大的影响,所以词的产生,就是为了配合这种流行的新乐的曲调,其创制必然要依据这种新乐的曲调,因此只能叫做填词或叫做倚声,而不能与作诗一样名之为作词,就是这个缘故。所以严格地说,必须依照曲调的声律来填上适当的词句,才称得是真正意义的词(词的全称是曲子词,就是这个意思)。否则如里巷歌谣被人偶然把它配合于这种新乐的曲调,或与此种曲调偶合的,均不能称做真正意义的词,而只可说是词的前身。

有人说词早在隋代已经产生,例如宋王灼与张炎都谓隋唐以来,曲子渐兴或声诗间为长短句,宋郭茂倩《乐府诗集》又有近代曲辞的收录(隋炀帝与王胄的《纪辽东》),《隋书·音乐志》谓炀帝命乐正白明达造新声,创〔斗百草〕、〔泛龙舟〕等曲,而〔泛龙舟〕的曲辞,也见于《乐府诗集》。又有〔河传〕与〔杨柳枝〕二曲。然而这一切还是选词以入曲,并非倚声以填词。〔河传〕与〔杨柳枝〕二调虽为隋代民歌,也还是选民歌以入调,并不是如敦煌曲子词的真正是依曲以制词的。敦煌所藏的文籍,主要是唐代末叶的遗物(因为唐代藩镇祸乱相寻,文物大都西移的缘故),只要看一看变文中有名氏的作者均为中晚唐时人,而曲子词(共一百六十多首)则绝大部分是唐末五代时人,就可知道。曲子词里面大多数是无名氏的作品,这肯定是民间的创作。有些虽经文人的润饰,但大部分仍保留朴素、真率的民间风格。这些作品,既然绝大部分是唐末五代时的产物,可以肯定这些作品是其时的里巷之曲。所以词是起源于胡夷之曲与里巷之歌,而且正式产生于晚唐,就毫无疑义的了。至于刘禹锡有一首词的标题:"和乐天春词,依'忆江南'曲拍为句。"似中唐已依曲填词了。但刘填此词时已进于温、李时代的晚唐。

敦煌曲子词共有一百六十余首,内有令词、中调、慢词,其音律均已很是严整,而中唐及其以前,所有尚存的曲辞或所谓长短句,只不过是与它有些相近而已。相近充其量只能说是前身,而绝不能说是已经产生。那相传李白的〔菩萨蛮〕、〔忆秦娥〕二调,是附托李白做的,其实绝非李白的作品,是可以肯定的。李白虽是天才横溢的诗人,然而绝不会从无中生出有来。史称唐宣宗(847—859)时,经由西域传入中国的缅甸(即所谓女蛮国)〔菩萨蛮〕一调,宣宗雅好之,命人制词以唱云云;又称丞相令狐绹私访温八叉(温庭筠每入试,押官韵作赋,凡八叉手而八韵成,时号温八叉),嘱其代为修撰,词成密进之。戒令勿泄,而温遽言于人,由是疏之等语。故其后不少人(尤其明代胡应麟)相传谓李白这一些词调均为温飞卿所制,并非李白所作。我以为这是可信的。温飞卿最初出的《握兰词集》,早已失传,其稍后所出的《金荃词集》,亦全非本来面目。我们固然不能肯定这两个词集是否载有相传为李白所作的词调。然而〔菩萨蛮〕一调在唐宣宗时始传入中国,是史有明文,不容否认(胡应麟所引唐末苏鹗的《杜阳杂编》说是大中初约在850年传入,以当时人记当时事,比正史更可信)。那么,迟李白去世时差不多一百年才传入中国的词调,李白何由得见。既不能见,又何所依据来填就此等词调呢?由此言之,此等词调是附托为李白所作,是不容置疑的了。又温飞卿原是一位大音乐家,而令狐绹私嘱他代撰〔菩萨蛮〕词密进之宣宗,也都是事实。令狐当时戒令勿泄,而他又遽言于人,令狐从此疏之,因而温终其身也不得志于仕途,也都是事实。由是言之,则相传李白的所作,是出于温的手笔,亦是大有可能的事,何况温又是极谙音乐而又是奠定长短句即曲子词的基础的人呢(其实相传该二词为李白所作是始于宋真宗年间呢)!

所以我们说词起源于胡夷之曲里巷之歌,正式产生于晚唐时代,是有其确切的根据而非想当然之谈。词起于胡夷之曲里巷之歌,但唐以前那些盛行于中国的胡曲,其歌辞皆已不传,或往往竟是有曲无辞的。因此我们于唐末五代词以外,便绝罕得见以前的曲子词。词也起于里巷之歌,但隋代的民歌如〔河传〕、〔杨柳枝〕,也没有曲辞留传下来,而中唐时南方的民歌如〔竹枝〕、〔杨柳枝〕、〔浪淘沙〕、〔调笑〕、〔欸乃曲〕等,也没有多少曲辞传下,中唐刘禹锡、白居易的〔竹枝词〕、〔浪淘沙〕等等,只不过是那些里巷之歌的拟仿,而且形式与七绝诗没有什么分别。故此词的产生不必追溯到六朝时代的长短句,因为长短句在《诗经》中也早已有之,并不是唐末叶及其以后所产生的新声乐曲。唐武后时才是注重新声的时代,其时沈佺期等所作的《回波乐》,稍后张说的《舞马词》,崔液的《踏歌词》以及唐明皇的《好时光》,才可说是词的前驱,再后如韦应物、王建、戴叔伦与刘、白等的所作,与沈佺期以来的一样,无一不是里巷之歌的偶然拟仿。至于刘禹锡与白居易倡和的《忆江南》,其标题云:"依'忆江南'曲拍为句",这可说是依调填词的第一次,然而刘、白倡和是在元稹死了(831)之后的事,这时已进入晚唐了,因此可以说,直到唐末叶才真真正正是依曲倚声以填词,亦才是真正意义的曲子词产生的时代。因为晚唐以前如上面所举的词,不但还没有什么定格,而且还脱不了绝句的形式。到了温飞卿时曲子词才有定格且与绝句有显然的区别而成为一种独特格局。这个定格或独特的格局,是由温飞卿奠定起来。此后就依着这条路线不断发展而更加丰富充实。

词在形式上与唐代近体诗有显著的不同,已如上述。至于与古体诗当然有更大的区别。因为词是协乐文学,与音乐有密切的关系。词的严格的格律及其在形式上种种特点,均由音乐的要求所决定。其特点有五:

(一)每一首词均有一个表示音乐性的调名。如〔菩萨蛮〕、〔水调歌头〕、〔蝶恋花〕等称为词调。它们表明这首词写作时所依据的曲调乐谱,并不就是题目,各个词调均是调有定句,句有定字,字有定声,各不相同。

(二)一首词绝大部分分为二片。上片的结句名为过拍,又名歇拍;下片的起句叫做换头;全词的终结名为收拍。两片的词调合称上下片,或称上下阕。只是一片的,除小令外,完全没有。慢词(长调)则三片四片的均有。分片是由于乐谱的规定,是因音乐已奏完了一遍。片与片的关系,在音乐上是暂时的休止而非全曲的终结。一首词分为数片,就是由几段音乐合成完整的一曲。

(三)用韵的位置,各个词调不尽相同,每个词调有它一定的格式。从全部词调计算,可以说基本上是隔句用韵。如单就长调来说则不尽同,长调最一般的是由三句组合为一个句组,因此多是隔两句用一个韵,隔三句、四句才用一个韵的也有。所以说长调基本是隔两句用韵也无不可。词的韵位则要依据曲度。韵位大都是音乐停顿的地方。因曲度不同,每个词调的韵位也就跟着不同。

(四)长短句的句式:诗也有长短句,但以五、七言为基本句式,近体诗则不许有长短句。词则十之八九是句子参差不齐的。而且句子的组合,也是不一样的,两句、三句、或四句合成一个句组的所在多有。填词造句大量地使用长短句,亦由于乐调的曲度所决定,因此又叫乐句。

(五)字声配合更比近体诗严密:词的字声的组织,基本上与近体诗相近似(词中的五、七言律句则与近体诗一无分别),但变化很多,因为配合乐曲来歌唱,所以有些词调就分别四声(平、上、去、入)与阴阳。这样的审音用字,就是要以文字的声调来配合乐曲的声调。在音乐吃紧的地方,更须严辨字声,以求协律和美听。这在宋代必须如此,因为词是合乐来唱的。然而可惜得很,在宋亡之后,各种曲调的唱法均已失传,无人再能把它唱出来,因此填词只依平仄而不必辨四声了。即使辨别四声,也还不能唱得出来。《白香词谱》一书之所以只列出平仄,就是此故。

上述五个特点,以后还有说明。此处先行揭出,其目的在于证明词是起源于胡夷之曲与里巷之歌,并非由近体诗直接转化而来,并从而打破以词为诗余之说(宋沈括、朱熹就持此说)而已。其实词与近体诗并非子母关系。词是唐末叶可歌的新声(乐曲)的总称,而五、七言近体诗未必全是可歌唱的。这种新声虽有可以用五、七言近体诗来歌唱者,这也只不过是"合之管弦"的近体诗而已,并不是崭新的曲子词(长短句)。我们看见唐代最初出现的〔回波〕、〔纥那〕、〔柳枝〕、〔竹枝〕等曲,全是五、七言绝句之可以"合之管弦"的,便可知道。因此,主张词是由近体诗转化,并以词为"诗余"之说,是不能成立的,清人成肇麟早已反驳过了。他说:"其始也,皆非有一成之律以为范也。抑扬抗坠之音,短修之节,运转于不自已,以蕲适歌者之吻。而终乃上跻于雅颂,下衍为文章之流别。诗余名词,盖非其朔也。唐人之诗,未能胥被管弦,而词无不可歌者。"(见《七家词选序》)其所言极当,故特引以为本章的结束。

〔附一〕 按王琦注《李白诗集》云:"李白诗集古本无〔菩萨蛮〕、〔忆秦娥〕及所谓〔清平乐〕等词,萧士赟本始阑入,且北宋时始认〔菩萨蛮〕为李白之作。"可见李白原无此种长短句的词,只有〔清平调〕三章为可入乐的七绝而已。南唐初年有翰林学士,亦名李白,他曾应制填了四阕〔清平乐〕献上南唐主,故又有传此四阕是李白所作。今本《李白诗集》亦收在附录中。

又"菩萨蛮"传入时原名"菩萨鬟",可见指的是发髻,因唐时以至北宋所称女蛮国,就是今之缅甸,盖在此期间,缅甸都以女子为皇也。及后改称"菩萨蛮",就因传自蛮国故也。唐末苏鹗的《杜阳杂编》说:"大中初女蛮国贡双龙犀,其国人危髻金冠,璎珞被体,故谓之'菩萨鬟'。"

〔附二〕 中唐的乐府新词最可信的有六调:〔三台〕、〔调笑〕、〔竹枝〕、〔杨柳枝〕、〔浪淘沙〕、〔忆江南〕。然除〔调笑〕、〔忆江南〕外,都是七言绝句(〔三台〕是六言绝句),而〔调笑〕又名〔三台令〕,可见此调是从六言的〔三台〕变出来。至于〔忆江南〕是白居易、刘禹锡倡和的新歌词,刘诗集中的标题云:"和乐天春词,依忆江南曲拍为句。"依此,则刘是第一次的依调填词者(白词没有标明,白可能只是民歌的改作),刘、白唱和是在元稹死了之后的事,刘此词是填于836—843年之间,而836年以后已进入了习说的晚唐时代了。

贰　词的体制

我们上面已经说过：词必有调，调有定句，句有定字，字有定声。前人徐釚也说："词有定名，即有定格，其字数多寡，平仄韵脚较然"的话，可见调就是词的定格，词的体制，主要就是调。

词调有令与慢之分：令就是短调，叫做小令；慢就是长调。但长调又有人把它分做中调与长调二种。徐釚又说："唐人长短句皆小令耳，后演为中调，为长调。一名而有小令，复有中调，有长调，或系之以犯以近以慢别之。"（俱见《词苑丛谈》）所以词调中有〔木兰花令〕，又有〔木兰花慢〕，有〔雨中花令〕，又有〔雨中花慢〕，就是此故。

词既有长调、中调、小令之分，其分界线是以什么为标准呢？依照张南湖《填词图谱》所定：不及六十字者为小令，六十字至九十字为中调，九十字以上为长调。以字数多少来作分界线，未免太过机械。例如〔临江仙〕一调，有的五十八字，有的六十字，究竟此调归入小令还是中调，就难肯定了。但以内容来分，又流于抽象而不具

下篇

体。故我以为把它分为长调与短调二种较为合理。中调与小令基本是上下两片相同，两者就可并作短调，不必分开。虽然中调也有一些词调上下片各异的，最显著的例是〔洞仙歌〕。此调的句法又有很多变化，本可把它归到长调去，但还有一些调如〔江城梅花引〕与〔金人捧露盘〕，其字数已接近九十字，比〔洞仙歌〕多出五六字，而其上下片均无大异，〔江城梅花引〕简直是〔江城子〕的增句而已，如把〔洞仙歌〕归入长调就不无问题了。长调基本是上下片相异，其中虽也有上下片全同如〔玉蝴蝶〕一调，然究属绝对少数，而其字数已近百字，也不能把它归到短调去。故只把中调小令合并为短调，长调依旧。而只分词调为长调与短调二种。这不但比较简当而合理，抑亦使人了然于长短调的相异及其特点之所在。

词调又有宫调同异之别，词有同调名而所入的宫调相异，因之字数多少亦异的。又有字数多少相同，而所入的宫调不同，因之调名亦异的。前者在柳永的《乐章集》中，所在多有。后者如〔玉楼春〕与〔木兰花令〕的字句完全无异，但〔玉楼春〕入商调，〔木兰花令〕却入大石调即是。因为宫调不同，从而两者的唱法也就有别了。

所谓宫调，是指歌唱的旋律而言。不过词的调谱（调的句式及其平仄声谱）虽然至今尚存，然而词的乐章（唱法及其歌谱）早在宋亡后就已失传了。此后词就无人识得怎样唱了。姜白石虽有一些注有音符的词传下来，但声的长短抑扬高下，无法知道，也就没有办法去唱（我听说过有人在中山大学唱宋词，那不过是欺人之谈）。因此所谓宫调也仅存其名，而不能知其唱法的实际区别，从而也就无法加以说明。不过还得把它的名称写下来：

一是黄钟宫，二是仙吕宫，三是无射宫，四是中吕宫，五是正宫，六是歇指调，七是高平调，八是大石调，九是小石调，十是正平调，十一是越调，十二是商调。

词有实异而名同的如柳永《乐章集》的〔洞仙歌〕、〔临江仙〕、〔定风波〕等最常见的词调，均与后来的不同。又有实同而名异的如〔蝴恋花〕又名〔鹊踏枝〕、〔凤栖梧〕；〔念奴娇〕又名〔百字令〕、〔壶中天〕、〔湘月〕（有人又取苏东坡此调起句四字叫它〔大江东去〕，或取结句三字叫它〔酹江月〕，这是徒乱人目而已，甚无谓也）。

词的曲调现已失传，故不能唱，又知所入宫调不同而唱法亦异，那么，调名似不表示唱法了，究竟是不是表示词的内容意境呢？从调名下有的写上本意二字看来，可以说最初是表示意境的。但北宋及其以前的词，均只标调名，其下并没有题，而其内容又是与调名无关。则又可说并非表示内容了。那么，调名的起源又如何呢？

关于调名起源的问题，清人邹祗谟曾说是由杨用修、都元敬考出，并详加引录，说得像煞有介事似的。然而除了："〔菩萨蛮〕，西域妇髻也；〔苏幕遮〕，西域妇帽也"的二者可信外（因其均是胡夷之曲故也），其余则皆不足信，故不转述。其实〔菩萨蛮〕是缅甸曲调（也是随着印度佛徒经由西域，并于唐末宣宗时传入中国），是颂扬当时缅甸女皇发髻之美丽的，大约这个调名就是指缅甸女皇的髻吧。〔苏幕遮〕是高昌妇女所戴用竹制垂有流苏的油帽（大约像广东客家妇女所戴的帽，不过客家妇女所戴的是圆形，高昌妇女戴的是长方形）。这二者都是胡夷之曲。

至于宋人词调，不下千种，新度曲的人是依词取句命名，按谱填入。其所取名即或有所自出，但前人最初命名的词，又皆不传，无法证明其确是如此，最著的例就是〔寿楼春〕一调，相传此调是取名于吊祭死者的，但现存此调，却没吊祭的词。所以只可说：调名的源起现在已无法知道罢了。

每一个词调，都有片数，除极短的令只有一片外，其余大部分均是二片，叫作上下二片或上下二阕。上片结尾处叫过拍或叫歇拍。下片的起首处叫做换头。但也有三片的如〔兰陵王〕，四片的如〔莺啼序〕。阕有终了的意思，但上下阕间的关系，并非一曲的终止，而是一曲的间歇。

有的同一个词调有几种体制，但这必须字数很有差别，才可算是不同体制，如上举柳永的〔洞仙歌〕、〔临江仙〕、〔定风波〕等调，显然与其后的大不相同，确是异体。如果只增减一二字而无关要紧的如〔临江仙〕过拍收拍本为"四、五"句式改作"五、五"句式,只增一字;〔满江红〕起韵下的三言句,原是连下作三、四读的七言,减二字就成为一、四读的五言;〔武陵春〕结句本是五言,增一字作六言;均不能算作异体。那些字数相同,只变化了一二句读或一处用韵或不用韵,甚至变全首都用韵的:前者如苏东坡的〔念奴娇〕变开头的"四、五、四"读句式为"七、六"读句式,后者如〔柳梢青〕起句(其实此句本不用韵),及蒋竹山把〔一剪梅〕句句都用起韵来,凡此等等,更不能算做又一体。然而前人都把这些算作又一体,因而〔临江仙〕就分作五六体之多,如此烦琐,实无必要。

以上是就词总的体制来说,对于短调与长调各自的体制,还得总括几句:短调的上下片基本是全同的,即两片的句数句法都同。长调的上下片基本是相异,其句法也各有参差。短调以两句结合为一个句组是一般的,长调则以三句结合为一个句组是普遍的。因此短调多首句起韵,长调则多在第三句起韵。这都是两者最明显的区别。

叁　填词的步骤

我提填词的步骤而不提填词的方法,是因为讲步骤比较具体,讲方法比较抽象,而且讲步骤还可以从具体到抽象的缘故。说填词也只是传统的说法,只是结习难除。其实,时至今日,填词这个称号,已失去其真实的意义了。而且词的歌调,早已失传,因而也早已无人能唱。既不能唱,则有一些地方应改变过来。既不能唱,就不必再去分别上、去声(如果能唱的话,分别上、去声还是必要的),也不必分别四声而只分别平仄便得。所以现今填词的人,也只把字句的平仄和要押韵的地方分别清楚,一如近体诗而已。

说到这里,我却想起青年时期,读过周美成的一阕〔齐天乐〕,它的下阕有这么两句:"渭水西风,长安乱叶。"当时虽知美成是以贾岛的境界,来写自己的境界;以贾岛的诗句来入词(美成是惯于以古人诗句来入词的词人)。但贾岛的诗,明明是"秋风吹渭水,落叶满长安",他为什么偏偏要把"落"字改为"乱"字,还不知其用意所在,后来才知道他要使词的字声与乐声谐协得更好,更觉美听。所以不用入声的"落",而必须用去声的"乱"。这只要再看一看上片相对句子:"鸣蛩劝织",也是用一个去声的"劝",更可知道宋人自柳永以后,更加注重字声与乐声的谐协,因此必须分清上去声,而不得乱用。由此说来,则上面所谓:词如果能唱,则分别上去声,还是有必要的话,未算得确切。应该说:如果要使词的字声与乐声谐协得更好更美听,则分别上去声,还是有其必要。为什么?词一开始产生,就是依乐曲以填词,并依曲调而歌唱了。然而唐末词人,尤其温庭筠原是一位大音乐家,又是奠定了词的基础的人,还只是分别平仄而已,绝不能认为其时的词是不能唱的吧!其实词之分别上去,是自柳永开始,到周美成则更辨四声而给以多样的变化而已。

说到填词的步骤,我基本上还是同意张玉田提出的"填词先审题,因题择调名,次命意,次选韵,次措词。其起结须先有成局,然后下笔,最是过片勿断了曲意,要结上起下为妙"这几句话。但还有一些保留。

我以为题不必先定。先师王国维说得好:"诗之《三百篇》、《十九首》,词之五代、北宋,皆无题也,非无题也,以题不能尽诗词中之意也。"又说:"诗有题而诗亡,词有题而词亡。"这个意义,已在论诗题时,有很详尽的发挥,兹不再赘。因此之故,我对张玉田的话,就有些变更。我认为不论作诗或填词,均以意为先。把意境定好之后,再把起结与转折,布成全局;然后选定哪一个是最能表达这全局意境的词调;然后又选定那最能传达出这个意境的韵;最后想好怎样地措词,即可落笔。然措词亦要以能正确表达意境者为佳,万不可专注重字句的奇警,以致妨碍了意境。更不可用生硬的字句,总以平顺为主。转折推开处的措词,亦要与前面融合无间,不可有矛盾,而致意境不接。总要看起来似是不接而实相接。这就是所谓藕断丝连,更为佳妙。这也就是张玉田所谓:"最是过片勿断了曲意,要结上起下为妙"的意思。全篇写好了,就看能否用几个字或一句话来概括词意,如果能够,就用这几个字或一句话来做题,写在调名下面;否则宁可无题。

从这样的步骤来填词,我认为是比较具体的。现更从具体到抽象来说一说。如果你见了当前的景物景色,有所感慨而想填一阕词的话,你就可依照上面所说的步骤来准备一下,准备好了,你就可用当前的景物来抒情。所谓即景抒情或以景寓情了(北宋词人多是即景抒情)。如果不是见了当前的景物,而是只有了一个意境,你也可以设景或造境来寓情(南宋词人多是设景造境来寓情)。但不论即景或设景造境,你在正面描画了这个景之后,跟着就要把它(景)大大地渲染一番。不过你所即的或所设的景,必须能象征(暗合)你的情意——即意境。否则就成了凑合,甚至成了风马牛之不相及。渲染一番之后,又要层层烘托(字数很少的小令受了限制,不能层层地,则稍为烘托一下,只要隐隐约约烘托出藏在你心灵深处的意境便得)。这就如丸之层层转去,愈转愈深,使你的意境能迷离惝恍隐约朦胧而宛曲地表达出来,这也即是前人所说的"言外之味,弦外之音";或所谓"羚羊挂角,无迹可寻";或"如野云孤飞,来去无踪"。这就做到空灵而不质实了。然而到了此时最忌的是落一着实语——即下一主观语。因为这就会破坏了"景即是情,情即是景"的奥妙,破坏了"有余不尽"之意。正如广州俗语所谓"画公仔画出肠"了。举个例来说一说,"梦醒闲阶月淡黄,白凤梳翎,顾影云窗"(我的旧句),不言夜深寂寞悲凉而寂寞悲凉自见。又如"空楼雁一声,远屏灯半灭"(韩致光诗语),已显出足够凄凉了,然而他(韩)跟着却加上一句坐实语:"眉山正愁绝",就成了上面所说的缺陷。李清照"寻寻觅觅"一阕的结句,也有此弊。上面说的如丸之转去,等到结尾,就可以蓦然回转或戛然终止。但不论回转或终止,都要与前面拍合。

我这样从具体到抽象说了许多话,可以总结出下面几句,作为填词者"他山之助"。这几句话是:"即景抒情(或设景寓情),大加渲染,层层烘托,如丸转去,复归原处。"

上面说填词的步骤,最后是想好怎样地措词即可落笔。然而在落笔之前,还得注意一个首要的问题。即首先要明白这个词调的句式、句法及其可能的变化,尤其必须明白句子的组合,才能易于运词或顺利地运词。

所谓句式是指用几个字结合为一个句子,例如一言至九言句。所谓句法是指一个句子的字声即平仄如何排列结合及其读法(如五言是否作一、四读,七言是否作三、四读等等)。句子的组合则指由几个句子结合成为一个句组。合起来可名之为词调的句式,或叫作词调的句组。这是填词的人首先要注意的问题。否则,一开始就照着词律对于自己所要填的词调的句读平仄,一字一句填下去,一遇着自己所想的措词即句子与词律稍有不合时,就受控制着,一味跟着词律所定的平仄来改之又改,使得本来很顺溜的句子,变成了生硬晦涩。如果词律此处是错的也跟着错,错而不自知其错,这又如何填得合乎水平的词来。

肆　词的用韵

关于词的用韵这个问题，主要是要说明应该在词调中哪些地方用韵的问题。我们在讲词的特点时说过：词的用韵也即韵位是为乐调的曲度所决定。所谓曲度就是曲拍的度数，亦即乐调奏到几个拍数才停顿下来。一个乐调不能奏到无了期，因此必然有较短的停顿或较长时间的停顿或完全停顿的时候，在乐曲停顿的地方，就是词的韵位，就必须在这个地方用韵。本来曲度是包括：略顿、一顿、一停三者而言，只不过一停才是韵位，顿只是表示节奏，而且不能超过七个音节而不略顿或一顿的，这也是词曲的特点。

一个词调在每片终结的地方，其乐声就有较长时间的停顿，毫无疑问，这个地方就是韵位，就必须用韵（全调终结的地方亦然）。然而除此之外，还在词调的其他什么地方，乐曲才会稍为停顿下来，因为词的乐调早已失传，我们就无法得知其详。虽不知其详，但还是有蛛丝马迹可寻的，这就是词的句法句式尤其是句组的结构。因为词的用韵与这一切都有很密切的关系，如果能够弄清楚这一切的特点及其与用韵或其彼此间的关系，我们对于填词就有简要而明确的概念，从而不须依靠词律词谱，也能填词而且很顺利地去填词。

为此之故，必须先来分析词的用韵及其与句法句式尤其句组间的关系。这个工作，前人的词书还未有做过。我现在来尝试一下，其目的不特要使人有明确的了解，还要使人知其然而亦知其所以然。不过这个工作是很为繁重，加以手头缺乏可供参考的资料，虽然做了，恐怕做得不够全面和不够透辟，很希望对于词学有修养的人，不吝加以指教！

现在先由词的用韵讲起，以后才讲词的句法句式与句组的结构。但在讲到用韵时，处处都依据这一切来加以说明，从中显出两者的关系，就可明白关系自在其中。

除了每片的结句，不用说必须用韵外，由词的句法句式句组来考察一下，也可明白其韵位即用韵的位置。词中凡一言二言句，其本身均有独立性，因此必须停顿一下，既须停顿，必然要在停顿的地方用韵，也即决定此处是韵位。

上面所说的停顿，比较易见。此外必须依据词调的句组，才能知其韵位之所在。词调中的各种句子并非孤立，而是有机的联系。因此常常是二句三句，以至四句五句结合为一个句组的。当然单独一句成组的也有。但不论其句数多少，总是在最末一句停顿下来。这停顿的地方就是韵位,也就必得用韵,这是绝对的。至于其末一句之前的句子,用韵与否,则无严格的规定。

短调绝大多数以两句为一组,因此,基本上是隔句用韵。然而单就长调而论,又不尽同,因为长调以三句为一组的居多数,所以说长调基本上是隔两句用韵,也无不可。不过综合全部词调来说,还是以隔句用韵为多而已。

首句用韵:短调除绝少数外,均是首句起韵,长调则不然。如果单独成组的首句,当然必须起韵,如〔贺新郎〕是。至于开头是几句结合为一个句组的,其首句是否用韵,就有一定的限制。如果首句是三言或四言,而其下句又用转折或推开字样如但、有、问、记、想、看、料……等等,则首句可起韵,否则不可。其接连用韵的是例外。所以短调以首句起韵为基本,长调因多以三句合为一组,故以第三句起韵为基本,柳永的〔雨霖铃〕首句末字只是偶合,因此调开头一组是一连三句四言的组合式,其首句不许用韵。

叠韵:一连两句同句式的叠用同一个韵的叫做叠韵,但不得称为重韵。重韵是指一个词调中重见同一个字的韵,这是格律所不许的,叠韵则否。所以叠韵在四言、三言尤其二言最常见。

连韵:短调连两句用韵的所在多有,连三句四句用韵也不在少数。甚至句句用韵的也非仅有。长调则否,三句连接用韵的绝少,连四句用韵则绝无。

用韵的通转:一个词调转押同部韵,谓之通转,或名为同部通押。如〔西江月〕、〔换巢鸾凤〕都是。但那些在本不用韵的地方,也用上同部的韵如贺方回的〔水调歌头〕,虽可说是创格,其实是词人的癖好,绝不能说是通转,因为用同部韵的地方本非韵位。其实有通转的词调并不多。

换韵:一个词调由平韵转押仄韵,或由仄韵转平韵,叫做换韵,但不能叫做通转。如〔昭君怨〕、〔菩萨蛮〕均是。

句中韵:一个句子,没有在中间停顿,因而也没有韵位,无韵位而用起韵来,只不过是词人们的癖好而已。在句中用韵是柳永创的例。他在〔木兰花慢〕一调中,用句中韵用得最多。兹把它写在下面:

〔木兰花慢〕上、下片第六、第七两句:

倾城尽寻胜去,骤雕鞍绀幰乐郊坰。

欢情对佳丽地,信金罍罄竭玉山倾。

又在换头第二字也用句中韵:

盈盈斗草踏青,人艳冶,递逢迎。

这词上、下片第六句与换头句,均是六言句,必须一直读下去,在城字、情字与盈字的地方是不容停顿下来,因而也不能断句的。既不能停顿与断句,所以都非韵位,均无用韵之必要。但自柳永创例后,词人填此调时,均仿效他用句中韵,只有辛稼轩不如此而已。还有一些词人,爱在词中增添一两韵,往往在长调换头第二字用起句中韵来。如秦少游在〔满庭芳〕、周美成在〔忆旧游〕中,均是如此。其实换头第二字绝大多数是不能断句的,而乐曲也不会在此处停顿下来。懂得这个关键,即使名家的词在此处用韵并加以断句,例如周美成的〔兰陵王〕第三片"楼侧恨堆积",姜白石〔暗香〕下片"江国,正寂寂",我们不照办,也绝无问题。南宋施岳的〔兰陵王〕并不用句中韵,其第三片首句云:"鳞鸿渺踪迹。"于此更可证句中韵是可有可无的了。

词中只许叠韵而不许重韵。杨无咎〔相见欢〕下片"江南望,江北望"是叠韵;李清照〔武陵春〕下片"也拟泛轻舟,只恐双溪舴艋舟"是重韵。杨是把两个相押的韵改为叠,不成问题;李的两舟字是重韵,就招讥议。这词的重韵,是词调中绝无仅有的例,当然背律。但诗词均以意境为主要,如果为内容意境所决定而不得不背律时,也不妨背律。在我看来,按照李词的内容意境,后一个舟字韵是不能改的。此调下片的全文是:"闻说双溪春尚好,也拟泛轻舟。只恐双溪舴艋舟,载不动许多愁。"如果有人敢于想把这后一舟字韵改变的话,恐怕亦如山谷想改少游:

"杜鹃声里斜阳暮"的暮字韵（山谷认为斜阳也是暮，故暮字重赘）一样，改之又改终不合原词的意境而致徒劳的吧！

　　词要用韵，究竟根据什么来用韵。当然是韵书。最早出的韵书是齐梁时沈约所撰的《四声谱》。隋代陆法言又撰《切韵》共分二百六韵。此书唐时重刊改称《广韵》，为唐、五代及宋初作诗的所本。至北宋大中祥符年间（约1010年），又敕令修改，赐名《大宋广韵》，简称《宋广韵》，仍为二百零六韵，为南宋初期以前作诗的所本。又到南宋淳熙年间（约1175年），江北平水人刘渊才并《广韵》二百零六部为一百零七部，刊为《礼部韵略》，世称平水韵，自元代以来无不依以为据。古体诗用韵的通转，一以它为法（近体诗不能通转，只一部独押）。词的用韵也与古体诗一样，且比古体诗用韵较宽，因词是曲子词，但求协歌，南宋词人特别是宋末词人，已均从当时声音的变化而自为协韵，因此词的用韵幅度，又更加推广。

　　在平水韵一百零七部韵中，很多韵目是可通用的，只规定：五歌、十一尤、十二侵三个韵目是独用。而且同部的平、上、去三声均可通转。但不得与入声通转。不过南宋尤其宋末的词人，均已随着当时已经变化了的声音来协韵：如辛稼轩的〔贺新郎〕，就以入声的"缘"来押路、雨；韩玉亦以玉、曲二入声韵来与女韵相协，这实已开北曲四声通押的先声。元周德清的《中原音韵》简直把入声都分配入平、上、去三声。作曲的人根据它,并说北曲四声通转。其实中原音无入声,就像现在的普通话(以北京话为主)也无入声一样。既然如此,则凡同部的韵均可通转而无所谓独用了。但须注意换韵并非通转。这在上面已说过了。

又这一百零七部韵,清初沈去矜经过一番详细的考证,始特作《词韵》一书。自此以后,填词的人多是依据它来用韵了。兹把沈氏的《词韵略》列后,以便填词者的根据。

沈氏词韵略：

第一部:东、董韵平上去三声:

　　　平:一东、二冬通用。仄:"上"一董、二肿;"去"一送、二宋通用。

第二部:江、讲韵平上去三声:

　　　平:三江、七阳通用。仄:"上"三讲、二十二养;"去"三绛、二十二漾通用。

第三部:支、纸韵平上去三声:

　　　平:四支、五微、十灰半(回、梅、催、杯)通用。仄:"上"四纸、五尾、八荠、十贿半;

　　　"去"四寘、五味、八霁、九泰半、十队半通用(十贿半如:悔、蕾、褪、馁,九泰半如:沛、会、最、沫,十队半如:妹、碎、废、吠)。

第四部:鱼、语韵平上去三声:

平:六鱼、七虞通用。仄:"上"六语、七麌,"去"六御、七遇通用。

第五部:佳、蟹韵平上去三声(佳又读加入麻韵,但此处仍属九佳本音):

平:九佳半、十灰半通用(九佳半如:鞋、牌、乖、怀,十灰半如:开、才、来、猜)。仄:"上"九蟹半、十贿半,"去"九泰半、十队半通用(九蟹半如:买、骇,十贿半如:海、宰、改、采,九泰半如:奈、蔡、卖、怪,十队半如:代、再、赛、在)。

第六部:真、轸韵平上去三声:

平:十一真、十二文、十三元半通用(十三元半如:魂、混、门、尊)。仄:"上"十一轸、十二吻、十三阮半,"去":十一震、十二问、十三愿半通用(十三阮半如:忖、本、损、狠,十三愿半如:顿、逊、嫩、恨)。

第七部:元、阮韵平上去三声:

平:十三半元半、十四寒、十五删、一先通用(十三元半如:袁、烦、喧、鸳)。仄:"上"十三阮半、十四旱、十五潸、十六铣,"去":十三愿半、十四翰、十五谏、十六霰通用(十三阮半如:远、蹇、晚、反,十三愿半如:怨、贩、饭、建)。

第八部:萧、筱韵平上去三声:

平:二萧、三肴、四豪通用。仄:"上"十七筱、十八巧、十九皓,"去"十七啸、十八效、十九号通用。

第九部:歌、哿韵平上去三声:

平:五歌独用。仄:"上"九蚜半、十二哿,"去"二十个通用(九蚜半如:夥)。

第十部:佳、马韵平上去三声(此处佳读加):

平:九佳半、六麻通用(九佳半如:娲、蛙、查、叉)。仄:"上"九蚜半、二十一马,"去"九泰半、二十一祃半通用(九蚜半如:罢,九泰半如:卦、话)。

第十一部:庚、梗韵平上去三声:

平:八庚、九青、十蒸通用。仄:"上"二十三梗、二十四迥、二十五拯,"去":二十三映、二十四径、二十五证通用。

第十二部:尤、有韵平上去三声:

平:十一尤独用。仄:"上"二十六有,"去":二十六宥通用。

第十三部:侵、寝韵平上去三声:

平:十二侵独用。仄:"上"二十七寝,"去":二十七沁通用。

第十四部:覃、感韵平上去三声:

平:十三覃:十四盐、十五咸通用。仄:"上"二十八感、二十九琰、三十豏,"去"二十八勘、二十九艳、三十陷通用。

第十五部：屋、沃韵入声：

仄：一屋、二沃通用。

第十六部：觉、药韵入声：

仄：三觉、十药通用。

第十七部：质、陌韵入声：

仄：四质、十一陌、十二锡、十三职、十四缉通用。

第十八部：物、月韵入声：

仄：五物、六月、七曷、八黠、九屑、十六叶通用。

第十九部：合、洽韵入声：

仄：十五合、十七洽通用。

照这个词韵略所列，则第七部的上去声不与第十四部的上去二声相通。然南宋尤其宋末的词人，都把第十四部的上去二声来与第七部的上去二声通押。他们根据当时的声音变化而变通的，这样亦可协歌谐调。所以填词是不必死守古韵而可以变通的。甚至有时用个别方音，也无不可。不过要注明是什么方音才可，否则就令人莫明其妙了。如黄山谷的〔念奴娇〕一调，竟用四川方音"笛"来和屋、沃韵相押，致使陆放翁初时也莫名其妙，后来陆游到四川工作，知道蜀人读"笛"为"独"，然后恍然于黄山谷是用蜀方音来入韵（黄曾在渝州很久，故识得蜀地方言）。

伍　词的句法与对偶

词又名长短句,就因一首词的句子,其每句的字数没有一定的缘故。词除了〔三字令〕全首每句都是三言,〔生查子〕每句都是五言,〔浣溪沙〕、〔玉楼春〕每句都是七言外(〔竹枝〕、〔杨柳枝〕是七绝,〔瑞鹧鸪〕是七律),没有一首非长短句的。

词句的字数,自一言至九言都有,因为字数不同,其句法也各不相同。各种长短句中,以三至七言为绝大多数;一言句最少,二言八九言也是少数。兹分别举例说明一下。

一言句必用在词的起头或换头的地方,又必形成单句的形式;所以又必须停顿下来作为押韵字用,这绝对没有例外。其用在过拍与收拍的不能只是一句而必须是连续两句或三句,并必须作为叠句叠韵用。

一言句在短调中只有〔十六字令〕与〔折红英〕有。前者是用作起句起韵,如蔡伸的一调,其起句:"天",就是与下面两个同韵相押(词例见后);后者是用作过拍与收拍连续三句叠韵,如陆放翁一调,分别用:"错,错,错"

与"莫,莫,莫",作为叠句叠韵来和上面的同韵字相押。长调则只〔哨遍〕有一言句,是用作换头单句并押韵,与其余同部韵通押,如苏东坡一调,其换头处是:"噫(读平),归去来兮,我今忘我兼忘世。"其实这"一、四、七"式是东坡改变的,这原来是"三、四、五"式,只末句用原定的仄韵而已。

　　二言句在词中的部位无一定。但不论用在什么部位,均须押韵。押平韵的以"平平"式为基本,亦可作"仄平"式;押仄韵的以"平仄"式为基本,亦可作"仄仄"式。除两句作叠句叠韵外,其他不论连续二句或三句,均要句句用韵。叠句叠韵的如〔调笑令〕与〔如梦令〕,两句连续的如〔河传〕,三句连续的如〔醉翁操〕等是。长调除〔长亭怨慢〕换头第二字可断句外,其余均不能断句,因此长调有许多在换头第二字用韵者,只算是句中韵,绝不能算是二言句,所以不能规定必须用韵。

　　三言句的句法句式共四种:"平仄仄"、"平平仄"、"仄平平"、"仄仄平"。其"平仄仄"与"仄平仄"均为改变第一字而来的变格。三言单独一句的,只用在开头与换头。在词调中间的必与其他句子结合为一个句组,当然在开头换头的也还有与其下的句子结合。因此,三言句是否用韵,就必须看它与别的句子如何结合而定,不像一言二言有绝对的规定。

　　三言句用在开头与换头的多可用韵。以两句为一组而平仄又相对即相反的,只许后句用韵如〔鹧鸪天〕。其平仄相同的两句都可用韵如〔江城子〕。如果一联三言与下面一句结合为一个句组如"三,三,五"、"三,三,六"等式,其两句三言基本不许用韵。如〔祝英台近〕。

四言句的句法句式,基本只有两种:"平平仄仄"式又叫平起式或仄收式;"仄仄平平"式又叫仄起式或平收式,其变化通常是改换第一、三两字。平起式就成了"平平平仄"、"仄平平仄"与"仄平仄仄"三式,仄起式就成了"仄仄仄平"、"平仄仄平"与"平仄平平"三式。但是仄收式如要押平韵则末一字必得改平,如〔醉太平〕中所有的四言句(仄韵〔醉太平〕与仄收相协)。反之,平收式如要押仄韵则末一字必得改仄,如〔齐天乐〕换头的"六,五,四"式句组的四言句。这均绝无例外。又如"四,四,四"式句组,基本是中间一句仄收,上下二句平收,而第三句必须用韵,如果是仄韵调,则这句末一字亦必得改仄,也绝无例外,如〔雨霖铃〕、〔永遇乐〕。何以说因用韵关系而必得把末一字改仄或平呢?这是由四言句法所决定。即凡仄起必平收,凡平起必仄收,不得有例外,反之亦然。明白了这种特点,不但可以知道仄收式的四言而要用平韵,或平收式的四言要用仄韵,必得改末字为平或仄。又可以知道凡"平平仄平",或"仄仄平仄"式,其末字是韵的,也必然是由仄收式或平收式改变而来,而不是其他。如果末字不是韵的话,则只能说是拗句罢了。

又不论四言或三言,如两句合成一组,则只下句用韵,上句不用韵。如两句平仄相同,则可叠韵或两句连接用韵,如〔采桑子〕、〔折红英〕均是。遇着这样的句子,别人在上句都不用韵,你也可用上一韵或叠下句的韵,绝对不成问题。如〔一剪梅〕过拍收拍的一联四言,可在上句多用一韵。

四言句用在开头而其组合是"四,五,四"式的多可首句起韵。又在词中间而有独立意义的,亦必用韵。此外用韵与否,均与三言句同。一联四言句与下面一句合成一个句组如"四,四,五"、"四,四,六"、"四,四,七"等式,基本必为相对式。不是平起与仄起相对,就是仄起与平起相对——这种相对更为普遍。吴梦窗的〔莺啼序〕第二片换头的句组是"四,四,五"式,上句是仄起(十载西湖),下句必然要平起,而他却造出四仄句(傍柳系马)。这是不足为训的。看来梦窗并非有什么才情的词人,如作"十载西湖,垂杨系马",不但平仄相对,而境界又何等高妙。他的词大多缺乏高深的意境,恐怕就是要用晦涩的深词来掩盖其浅意吧。否则不会造出生硬的四仄句来。然而万树《词律》却硬定此句必须四仄(根据某人的《诗词律则学》一书所引)。这就不免有闭眼说话之嫌。请看梦窗另一阕〔莺啼序〕,其第二片换头的一联四言,居然是仄起与平起相对。"窗隙流光,过如迅羽"。而某人又竟以谬为真,"尽信书则不如无书"!

凡三句四言合成一组,其末句必用韵,前二句则不许。柳永的〔雨霖铃〕首句末字只与韵偶合,不得视为韵位而误认必用韵。〔柳梢青〕首句有用韵的,恐怕也是把前人的偶合当作韵位如〔祝英台近〕第二句吧(东坡、山谷此句均不用韵)。关于〔柳梢青〕在词例中还有说明,此处不赘。

五言句在词中有:古句,律句,与一、四读的三种。古句末三字同声与二、四同声,此种句子多不许改变。律句不外:平起平收,平起仄收,仄起平收,仄起仄收四种(五、七言律句均同)。须得特别注意的是一、四读的五言,一、是冒头,四、是不出四言句的基本形式。它与单独的五言律句均可互变。不过一、四读的五言,其下有一句用韵的四言,则基本不许改变(如果四言不用韵的则否)。因为一、四读的一,在音乐上必须略顿,而其下的四读又多与相连接的四言成为一联相对式之故。这是不可不知的。如果改变了,就会破坏了音乐的节奏。例如李清照的〔凤凰台上忆吹箫〕一调,改为"千万遍阳关"的律句,就有此弊。东坡〔念奴娇〕开头亦然。又凡一句五言其下是一句四言,则必为一、四读,绝无例外。七言作三、四读与否,要看后面四字是否为四言句式为准。但只上面有一句四言,其五言作一、四读或律句均可,亦即均可互变也。又如果一句三言,其下是二句四言,则三言必断作一句而不能连下作七言读,这也是绝对的必须留意。又一、四读的五言改变为律句,其四读不论平仄起,均可改变。惟平起平收或仄起仄收的律句不能改,而平起仄收的只能改作:"仄、平平仄仄"式,即二三两字必须平声。四、五两字必须仄。

六言句的句法句式,基本的也是两种:一是"仄仄平平仄仄"式,亦即仄起仄收式;二是"平平仄仄平平"式,亦即平起平收式。这两个基本式如果同在一处,就是一联相对式的六言。不论用在开头与换头,或过拍与收拍,其平韵的上句必为仄起仄收式,仄韵的上句又必为平起平收式。前者如〔西江月〕、〔风入松〕、〔木兰花慢〕等,后者如〔双双燕〕。

除这两个基本式外,主要就是上四仄下二平即"仄仄仄仄平平"式,与上四平下二仄即"平平平平仄仄"式。其次就是上二平下四仄即"平平仄仄仄仄"式。至于上二仄下四平即"仄仄平平平平"式则甚少。

不论基本式或其他的形式,都各有其转变的实际形式。但均是一、三、五字的改变而不是其他。仄起仄收式多改成"平仄仄平平仄"式。平起平收式的改变甚少。上四仄下二平式多改成"平仄平仄平平"式,但以只改第一字为多,这是许多长调换头所常见的句式。上二仄下四平式而略无改变的,绝难见到。有之,只改成"平仄仄平仄平"式而已。一、三、五虽可改,但平收式的第五字例不得改换。"平平平平仄仄"式主要是改作"平平仄平平仄"式,即同时改换第三、五两字。〔齐天乐〕开头第二句就是此种句式,而且严格地规定不得更改。当然第一个字仍可变通。"平平仄仄仄仄"式主要是改作"平平平仄平仄"式,即同时改换第三、五字,〔摸鱼儿〕一调上下片均有这种改变过来的句子(〔念奴娇〕的过、收拍亦是)。其次是改作"平平平仄仄仄"式,即只改换第三字。〔齐天乐〕的换头就是如此。其实〔齐天乐〕换头是六言句最灵活的句子,任你如何安排均得,这与开头第二句成为一个两极的对照——一松得很,一严得很。"仄仄仄仄平平"式,以只改第一字为多,这是许多长调的换头所常见的句式,但亦可改为平起平收式。

　　七言句的句法句式,亦分古句、律句与三、四读的三种。在词调中的七言,绝大多数是律句,也与五言律句一样是分平起平收,平起仄收,仄起平收,仄起仄收四种形式。古句在词调中基本不许变更。律句虽然一、三、五等字可改,但平起平收与仄起仄收式则不得改第五字(五言不得改第三字),又不得与三、四读的互变。因为三读的有总冒的作用,故不得改变。又如三读的三有定式或有完足意义的,必须断作一句。有些平起仄收的七言律句,改换了第五字之后就固定下来不得再改。如〔齐天乐〕、〔绮罗香〕的过拍便是。

　　八言句、九言句,在词中也有。不过很少把它一直读作八言或九言的。绝大多数,八言是作一、七读,九言是作二、七读。这就因其七读的为一句七言律句所决定。其前一字或二字必为冒头又必为仄声。八言如果作三、五读,则其三言必须成了一句意义完整的句子,下面五字又必须可通解,否则不许。九言如作四、五读的四言亦然。又九言如作三、六读,则其下六字必须是六言句的形式,而前三字如有独立意义的,则必须把它分作三言、六言两句,例如苏东坡〔洞仙歌〕的过拍便是:"人未寝,欹枕钗横鬓乱。"否则也是不许,只可仍照一般的作二、七读。

常见有些词书把〔贺新郎〕的八言句均断作三、五读,这是十分不通的。当然有少数如"莫呼猿,且自多招鹤"必作三、五读。但把"料、不啼清泪长啼血"(都是稼轩句)改作三、五读,则"清泪长啼血"五字有什么意义呢?有的词书又把〔相见欢〕、〔南歌子〕、〔虞美人〕等调的九言句,一律改作"六、三"读,其错误更甚。上面说过九言的头二字是冒头,后七字是律句。例如李后主的〔相见欢〕上下片的九言是:"无奈、朝来寒雨晚来风"与"自是、人生长恨水长东"。这不但后七字是律句,而且又是自对,与王昌龄的"秦时明月汉时关"无异。把它断为六、三读岂不大煞风景?我们读得不恰当,又如何能领悟作者的情意?九言首二字虽然有的是指实词,但仍可作冒头用,所以仍以二、七读为佳。如李后主的"故国、不堪回首月明中"。八言句如〔八声甘州〕的首句,绝对要作一、七读,头一字在音乐上是要稍顿,故读法必须略断,柳永创此调是"对、萧萧暮雨洒江天","对"字要稍顿。东坡此调改作"三、五"读,就破坏音乐的节奏。

最后谈一谈词中的对偶:

词中的对偶句,自三言至七言的都有。然而并非如律诗硬定必须对偶。一般都是可对可不对。因此词中对偶句以三言四言的最多,差不多每一联三言或四言均是对偶。这是因字少容易对得工整的缘故。

先讲五言六言,五言对偶以〔南歌子〕、六言以〔西江月〕最为典型。这两调的开头换头都是两句平仄相对的五言或六言句。因此填词者多把它做成对偶句。但富有才情的词人,并不尽如此。且看东坡的〔南歌子〕吧:"才恨谁云短,绵绵岂易裁","师唱谁家曲,宗风嗣阿谁","日出西山雨,无晴又有晴"等等(俱〔南歌子〕句),何尝是对偶。其〔西江月〕也是一样:"可惜一溪明月,莫教踏碎琼瑶",稼轩的"八万四千偈后,更谁妙悟披襟";又对在哪里?

次讲七言,〔浣溪沙〕、〔鹧鸪天〕、〔满江红〕各调的七言对偶最为典型。〔浣溪沙〕换头二句,〔鹧鸪天〕过拍二句,〔满江红〕上下片各二句,无一不作对偶。然而也可不对,如"归去山公应倒载,阑街拍手笑儿童","远汉碧云轻漠漠,今宵人在鹊桥头"(俱东坡〔浣溪沙〕句)。又如"且看欲尽花经眼,休说弹冠与整冠","龙山落帽千年事,我对西风犹整冠"(俱山谷〔鹧鸪天〕句),"要知黄菊清高处,不入当年二谢诗","玉人今夜相思否,想见频将翠枕移"(俱稼轩〔鹧鸪天〕句)这一些是对句吗?

最后讲三四言。三言对偶以〔鹧鸪天〕与〔阮郎归〕的换头最显著;四言则凡长调中的"四,四,五"、"四,四,六"等句式,其一联四言无不做成对偶。但也有少数例外:如"身健在,且加餐","木芍药,品题高"(俱山谷〔阮郎归〕句);"今古恨,几千般","些底事,误人多"(俱稼轩〔鹧鸪天〕句);又如"归去来兮,吾归何处";"停云霭霭,八表同昏";前者为东坡〔满庭芳〕句,后者为稼轩〔声声慢〕句(这两调都是以"四,四,六"句组开头的)。三四言句,本来字少是很易做成工整的对偶,然也不尽如此,可见词的对偶,也并非词的要着,可对可不对,不必刻意求对。词也与诗一样均以境界为上,字句对偶的工整,是其次也。如果对而损害了意境,宁可舍对求散。有时一般都不做对偶的地方,如果为意境形象的关系,也不妨反乎一般做成对偶。像〔踏莎行〕一调,一般是在开头换头的一联四言做对偶,其余三个七言句罕有做对偶的。但我以前填此调时却在过拍两句七言做成一联对偶,并把境界象征得更好。现把该词录下,以供参阅并作这一章的结束,其词云:

逝水悠悠,荒烟漠漠,最难堪处西风恶。衰杨树外暮鸦啼,断鸿声里莲花落。　　不尽消凝,几年离索,孤栖日夜情无着。若非碧玉旧盟寒,如何轻易辞长乐。

如果好作对偶,则〔念奴娇〕换头的"六、四、五"句组,把六言首二字做总冒,其下便成了一联相对的四言对偶了。

下篇

长短句指要

陆　短调句式的分析(上)

上一章词的句法,主要就单一的句子来说。此章则注重句式的组合,即由几个句子组合为一组的形式;由两句三句或四句组成为一组的都有,短调基本以两句、长调基本以三句为一组。当然单独一句为一组的亦有,只是少之又少吧。现在把词调分(一)句式,(二)句式的分析,(三)词例三项来叙述,藉以互相对照(句式又可称做句组)。

对五、七言律句不加以注明,以归简洁。只对古句——五言二、四同声,七言二、四或四、六同声,两者末三字同声均包括在古句之内——与一、四读的五言,三、四读的七言,一、七读的八言,二、七读的九言,加以说明。

在每一个句组与实例中,其用韵的句子均在下方标出一种符号:以 △ 代表仄韵,以 ○ 代表平韵。每一句组都用引号括起来,在后面写上句号"。",引号的数字后面则写上逗号",",词例中亦然。其一、四读或一、七读的在第一字后面写上顿号"、",三、四读的三,二、七读的二,以及用一或二字作总冒的亦然。至于那些不是韵位而词人添韵的则标●表平韵①,▲表仄韵,凡有这两种符号的,表示不必用韵。

不过每一词调的句式,均以基本格式(或者说正格)为主,因此所举词例亦以合乎此种句式者为主,否则虽名家的词,也不录作例证。但仍把其有变化的例作附例,并在其变化或相异的字句下面画一横线"——"以资识别。有些句式是由别的句式变化而来,但变了之后就把它固定下来,不许再变的,也在下面画一横线,使得读者在此处加以注意。

现在把选定的各调依次列出其句组的形式,并一一加以剖析。不过并非以字数的多少为次序而是以句式相同或相近者相次排列,使读者能够比较研究。

1.十六字令——又名苍梧谣,十六字共三平韵。

(一)词调的句式——共两个句组

"一,七"。"三,五"。

(二)句式的分析:

开头组一言单独成句并作韵脚,平声起韵,其七言为仄起平收式,末组三言为"平平仄"式,五言为仄起平收式。

---

① 编者按:"●"在本书1979年初版、1983年重印本中,俱未见标注,但在正文"句式的分析"部分有提示。此次据1983年重印本排印,亦沿而不改。

(三)词例——蔡伸一调

天,休使圆蟾照客眠。人何在,桂影自婵娟。

2.调笑令——又名转应曲、三台令,三十二字共六仄韵二平韵。

(一)词调的句式——共三个句组

"二,二,六"。"六,六"。"二,二,六"。

(二)句式的分析:

开头组二句二言均为"平仄"式是叠句叠韵,六言为仄起仄收式。第二组二句六言,前者为平起平收式,后者为上二仄下四平式即"仄仄平平平平"式改第五字为仄。此种句式在词调中可说是绝无仅有。第三组与开头组全同。

(三)词例——冯延巳一调

明月,明月,照得离人愁绝。更深影入空床,不道帏屏夜长。长夜,长夜,梦到庭花阴下。

3.忆江南——又名望江南、梦江南,二十七字共三平韵。

(一)词调的句式——共三个句组

"三,五"。"七,七"。"五"。

(二)句式的分析:

开头组三言为"平仄仄"式,五言为仄起平收式。第二组二句七言前者仄起仄收,后者平起平收。收拍的五言与开头的相同。

(三)词例——皇甫松一调

兰烬落,屏上暗红蕉。闲梦江南梅熟日,夜船吹笛雨潇潇。人语驿边桥。

4.长相思——又名双红豆,三十六字,上下片共八平韵。

(一)词调的句式——共四个句组

"三,三,七"。"五"。　　下片与上片全同。

(二)句式的分析：

开头组二句三言均为"仄平平"式(凡此种同平仄的一联三言句,不论平韵仄韵,两句都可叠韵或连续用韵),七言为仄起平收式。过拍的五言为平起平收式。

(三)词例——陆游一调

悟浮生,厌浮名,回视千钟一发轻,从今心太平。　　爱松声,爱泉声,写向孤桐谁解听。空江秋月明。

5.梅花引——又名贫也乐,五十七字,上片三仄三平韵,下片二仄三平韵。

(一)词调的句式——共四个句组

"三,三,七"。"三,三,四,五"。　　"七,七"。"三,三,四,五"。

(二)句式的分析：

开头组二句三言均为"平平仄"式,七言则为平起仄收式,过拍组二句三言均为"仄平平"式,四言为仄收式,五言为仄起平收式。

换头二句七言,前者平起仄收,后者为古句(四、六同声)。收拍组与过拍组全同。收拍可改作二、七读的九言。

(三)词例——向子諲一调

花如颊,眉如叶,小时笑弄阶前月。最盈盈,最惺惺,闲愁未识,无计定深情。　　十年空省春风面,花落花开不相见。要相逢,得相逢,<u>须信灵犀</u>,中自有心通(此四言本与上片同,向词把它改变,经过这一改变即改平收,就可作二、七读的九言句)。

附录旧作一调

调绿绮,一弹指,平生相伴今余几。偶回头,忆前游,二分无赖、只在古扬州。　　西风吹老门前柳,青鬟常青古无有。花开时,莫迟疑,<u>待到、荼蘼开后剩空枝</u>。

6.钗头凤——又名折红英,六十字,上下片共十八仄韵,上下都换头。

(一)词调的句式——共六个句组

"三,三,七"。"三,三,四,四"。"一,一,一"。　　下片同。

(二)句式的分析:

开头组二句三言均为"平平仄"式,七言为平起仄收式。第二组二句三言与上组无异,二句四言均为仄收式(凡同式的一联四言,均可叠韵或连韵,所以〔高阳台〕过、收拍,本只末句用韵,但有人叠韵或连韵,而〔鹊桥仙〕开头、换头的二句都不用韵,但有人却用起韵来或叠起韵来均不成问题)。过拍三句一言是叠韵。

(三)词例——陆游一调

红酥手,黄縢酒,满城春色宫墙柳。东风恶,欢情薄,一怀愁绪,几年离索。错,错,错。　春如旧,人空瘦,泪痕红浥鲛绡透。桃花落,闲池阁,山盟虽在,锦书难托。莫,莫,莫。

7.归自谣——三十四字,上下片共六仄韵。

(一)词调的句式——共两个句组

"三,七,七"。　　"七,三,七"。

(二)句式的分析:

上片的三言为"平仄仄"式,二句七言前者仄起仄收,后为平起仄收式。下片的三言为"平平仄"式,前后两句七言亦均为平起仄收式。

(三)词例——欧阳修一调

何处笛,深夜梦回情脉脉,竹风帘雨寒窗隔。　离人几岁无消息,今头白,不眠特地重相忆。

8.醉太平——三十八字,上下片共八平韵。

(一)词调的句式——共四个句组

"四,四"。"六,五"。　　下片全同。

(二)句式的分析:

开头组为一联同平仄的四言,照四言句式本为"平平仄仄"式,但因用平韵,末一字必须改平,与"仄仄平平"式因用仄韵必须改末一字为仄,是同一理由,此是四言句变化的准则,如不用韵则不许改(查看一下此调,有用仄韵的更可了然。如稼轩此调即是)。又因用韵而改变末一字,所以就成为"平平仄平"的特殊形式。末组的六言为平起平收式,其五言为一、四读,四读的与首句同式。

有些词书硬定此调首句第一字必平,而又说第二句第一字可仄。其实无此道理,因为此一联四言,其句式全同,断不能一可一不可。这是逻辑的规律使然。因此我填此调时,这两句的第一字,都给它改了。特附原词于此。

(三)词例——刘过一调又,附旧作一调

情高意真,眉长鬓青。小楼明月调筝。写、春风数声。　　思君忆君,魂牵梦萦。翠绡香暖云屏,更、那堪酒醒。

注:此词上下片两个"真"、"君"韵,照宋韵是不能与"庚"、"青"通押的,但南宋迁都临安后,中原音跟着与江浙音混合起来,所以南宋词人尤其南宋末年的词人,都把已经变化了的声音相近者,就

通押起来。又查北宋词人,并无此调。稼轩此调用仄韵。因此所有平起仄收的四言句,都与仄韵相协,故末一字不用改。想此调是稼轩所创,刘过是专学稼轩,他改此调为平韵。稼轩开头是"态浓意远,眉颦笑浅"。刘改平韵,故必得把末一字改平。可见凡是"平平仄平"的句式是由"平平仄仄"句式因用韵改变而来的。有一些词人为避免此种"平平仄平"的拗式,索性把这句改作仄起平收,如戴复古此调便是。其句云:"江上画屏。"

附旧作〔醉太平〕一调

瘦筇独扶,泮溪醉呼。西风流落湾湖,做烟波钓徒。　瑶宫紫姑,玉堂白狐。任她颠倒糊涂,竟、倾囊一无。

9.清平乐——又名忆萝月,四十六字,上片四仄韵,下片三平韵。

(一)词调的句式——共四个句组

"四,五"。"七,六"。　"六,六"。"六,六"。

(二)句式的分析:

开头组的四言为仄收式,五言为仄起仄收式,过拍组的七言为仄起仄收式,六言亦为仄起仄收式。

换头组二句六言均为平起平收式,收拍组二句六言前者为仄起仄收,后者与上组同式。

(三)词例——朱淑真一调

恼烟撩露,留我须臾住。携手藕花湖上路,一霎黄梅细雨。　娇痴不怕人猜,随群暂遣愁怀。最是分携时候,归来懒傍妆台。

注:换头第二句或作:"和衣醉倒人怀。"

10.酒泉子——此调体制最多,字数句法各异。此一体四十字,上下片共三平五仄韵。首句起平韵即换仄韵,至过、收拍再押与首句同一的平韵。

(一)词调的句式——共四个句组

"四,六"。"三,三,三"。　　"七,五"。"三,三,三"。

(二)句式的分析:

开头组的四言为"仄仄平平"式,把第一第三字改了,就成为"平仄仄平"式。这也是四言中的特别句子,因为平收式的末二字例不得改,其六言则为仄起仄收式,过拍组三句三言为"仄平平,平仄仄,仄平平"式,中间一句与上句或与下句,均为相对式,都可作对偶。

换头组的七言为平起仄收式,五言为一、四读,四读的为仄收式。收拍组三句三言均与过拍的同式,只是末句仍用上片同一的平韵。

(三)词例——毛熙震一调

闲卧绣帏,慵想万般情宠。锦檀偏,翘股重,翠云欹。　　暮天屏上春山碧,映、香烟雾隔。蕙兰心,魂梦役,敛蛾眉。

11.点绛唇——四十一字,上下片共七仄韵。

(一)词调的句式——共四个句组

"四,七"。"四,五"。　"四,五"。"三,四,五"。

(二)句式的分析:

开头组的四言为平收式,其七言为平起仄收式。过拍组的四言为仄收式,五言则是仄起仄收式。全词的五言均为此式。

换头组的四言与开头的同。收拍组的三言为"平平仄"式,其四五言均与过拍的无异。

(三)词例——王禹偁一调

雨恨云愁,江南依旧称佳丽。水村渔市,一缕孤烟细。　天际征鸿,遥认行如缀。平生事,此时凝睇,谁会凭阑意。

12.减字木兰花——四十四字,上下片四仄四平韵。

(一)词调的句式——共四个句组

"四,七"。"四,七"。　下片全同。

(二)句式的分析:

此调两组句式均同,只因由用仄韵换平韵,故四言前为仄收,后为平收,而七言虽同为仄起,亦因换韵之故,所以前也为仄收,后也为平收。

(三)词例——吕渭老一调

雨帘高卷,芳树阴阴连别馆。凉气侵楼,蕉叶荷枝各自秋。　前溪夜舞,化作惊鸿留不住。愁损腰肢。一桁香消旧舞衣。

13.醉落魄——原名一斛珠,五十七字,上下片共八仄韵。

(一)词调的句式——共四个句组

"四,七"。"七,四,五"。　"七,七"。"七,四,五"。

(二)句式的分析:

两组的四言前为平起,后为仄起;七言均为平起仄收式。过拍,五言则是仄起仄收式。

换头组两句七言均与上组的相同。收拍组与上片过拍全同,也即是全调的七言均同为一种形式。此调过拍、收拍的五言均为"仄仄平平仄"式,但自黄山谷把这句第三字改作仄声之后,南宋词人及其以后的填词者,均沿用此一句式。

(三)词例——张子野(先)一调,附范成大一调

轻云柳弱,内家髻子新梳掠。生香真色人难学,横管孤吹,月淡天垂幕。　朱唇浅破桃花萼,倚阑谁在阑干角。夜寒手冷罗衾薄,声入霜林,簌簌惊梅落。

附范成大一调

栖乌飞绝,绛河绿雾星明灭。烧香曳簟眠清樾,花影吹笙,满地淡黄月。　好风碎竹声如雪,韶华三弄临风咽。鬓丝撩乱纶巾折,凉满北窗,休共软红说。

14.柳梢青——四十九字,上下片共五平韵。

(一)词调的句式——共四个句组

"四,四,四","四,四,四"。　　"六,七"。"四,四,四"。

(二)句式的分析:

上片两组的三句四言,中间一句均为仄收,其前后的均为平收。

换头组的六言为平起平收式,七言则作三、四读,其四读的本是"平平仄仄"式,但因用平韵,因此也像〔醉太平〕的四言句一样,不得不把末一字改作平声。收拍组三句四言与上片的同。

又此调有第一句起韵的,但依照这种句组"四,四,四"的形式结构,只有第三句必用韵,一二两句例不用韵,只要看看最初填此调者,均不在起句用韵可知;南宋姜白石此调,起句亦不用韵,白石是深懂音律的人,其起句不用韵当有所根据。所以说此调起句可用韵的人,不过把前人的偶合误作韵位而已,相沿已久,故也可说此调起句用韵或不用韵。但绝不能说必须用韵。

(三)词例——赵长卿(北宋词人)一调

晴雪楼台,试灯帘幕,适是元宵。罗绮娇春,帝城风景,今夜应饶。　　争知我系如匏,便偕月、良天任教(读如交,平声)。早闭柴门,从他箫鼓,细打轻敲。

15.鹊桥仙——五十六字,上下片共四仄韵。

(一)词调的句式——共四个句组

"四,四,六"。"七,七"。　　下片全同。

(二)句式的分析:

开头组二句四言均为仄收式,六言则为仄起仄收式。过拍组首句七言为平起平收,第二句作三、四读,三为三仄,四读的是仄收式。下片全同上片。

(三)词例——秦少游(观)一调

纤云弄巧,飞星传恨,银汉迢迢暗度。金风玉露一相逢,便胜却、人间无数。　　柔情似水,佳期如梦,忍顾鹊桥归路。两情若是久长时,又岂在、朝朝暮暮。

注:此调开头、换头均为一联同式四言,故有人都用起韵或叠起韵来,虽无问题,其实不必。

16.踏莎行——又名柳长春,五十八字,上下片共六仄韵。

(一)词调的句式——共四个句组

"四,四,七"。"七,七"。　　下片全同。

(二)句式的分析:

开头组二句四言为相对句式,前者平收,后者仄收,其七言则为平起仄收。过拍组二句七言前者平起平收,后者平起仄收。又凡"四,四,五"、"四,四,六"、"四,四,七"等句组,其一联四言,例不许用韵,此为特例。

(三)词例——吴梦窗(文英)一调

润玉笼绡,檀樱倚扇,绣圈(平声)犹带脂香浅。榴心空叠舞裙红,艾枝应压愁鬟乱。　　午梦千山,窗阴一箭,香瘢新褪红丝腕。隔江人在雨声中,晚风菰叶生秋怨。

17. 卜算子——四十四字,上下片共四仄韵。

(一)词调的句式——共四个句组

"五,五"。"七,五"。　　下片全同。

(二)句式的分析:

开头组二句五言前者仄起平收,后者仄起仄收。过拍组的七言为仄起平收式,五言与第二句同。

(三)词例——苏东坡(轼)一调

缺月挂疏桐,漏断人初静。时见幽人独往来,缥缈孤鸿影。　　惊起却回头,有恨无人省。拣尽寒枝不肯栖,寂寞沙洲冷。

18. 南歌子——即南柯子,又名风蝶令,五十二字,上下片共六平韵。

(一)词调的句式——共四个句组

"五,五"。"七,九"。　　下片全同。

(二)句式的分析:

开头组二句五言为相对句式,前者仄起仄收,后者平起平收。过拍组的七言为平起平收式,其九言作二、七读或四、五读均可。其七读的是平起平收式,如作四、五读则第三、四字必须平声,并可作为两句,即作四言的是平收,作五言是仄起平收。这种九言句与〔相见欢〕、〔虞美人〕的全同,基本作二、七读。

(三)词例——苏东坡一调

日出西山雨,无晴又有晴。乱山深处过清明,不见、彩绳花板细腰轻。　　尽日行桑野,无人与目成。且将新句琢琼英,我是、世间闲客此闲行。

19.喝火令——六十五字,上下片共七平韵。

(一)词调的句式——共五个句组

"五,五"。"七,六,五"。"五,五"。　　"七,四,五"。"六,五"。

(二)句式的分析:

此调上下片开头两联五言句及其后面的七言句,均与〔南歌子〕一调的句式句法无异。下片第二组也与〔南歌子〕的"七,九"句式无别,只是此调的九言必须断为四、五言两句而已(但下片的五言其头二字必须与四言的头二字相叠,如作二、七读则否)。

上片过拍组的"六,五"二句,六言为仄起仄收式,五言则为仄起平收式。下片收拍组亦与此二句无异。又下片第二组的五言头二字必须与四言头二字相叠,收拍的六言头二字亦然。

(三)词例——黄山谷(庭坚)一调

见晚情如旧,交疏分已深。舞时歌处动人心,烟水数年魂梦,无处可追寻。 昨夜灯前见,重题汉上襟。便愁云雨又难禁,晓也星稀,晓也月西沉。晓也雁行低度,不会寄芳音。

20.好事近——又名钓船笛,四十五字,上下片共四仄韵。

(一)词调的句式——共四个句组

"五,六"。"六,五"。 "七,五"。"六,五"。

(二)句式的分析:

开头组的五言为仄起平收式,六言则为仄起仄收式。过拍组的六言与上句同,其五言则作一、四读,四读的是仄收式。

换头组的七言为平起平收式,五言为稍变的仄起仄收律句,即改第三字为仄,成为"仄仄仄平仄"式而固定不许改(亦有改为二、四同平古句,但究属少数),收拍组与过拍组全同。

(三)词例——黄机一调

鸿雁几时来,目断暮山凝碧。别后故园无恙,定、芙蓉堪折。 休文多病废吟诗,有酒怕浮白。不是孤他诗酒,更、孤他风月。

21. 河渎神——四十九字,上下片共四平韵三仄韵,即上片平韵,下片仄韵。

(一)词调的句式——共四个句组

"五,六"。"七,六"。　　"七"。"六,六,六"。

(二)句式的分析:

开头组的句式与前一调〔好事近〕相同,首句五言也是仄起平收,六言则与之相反即平起平收式。因前一调用仄韵而此调上片则用平韵,故有相反的形式,否则必然一无差别,此不可不注意。过拍组的七言为平起平收式,六言则与上一组的无异。

换头的七言单独成组,其句式是仄起仄收。收拍组是三句六言,前者平起平收,后二者仄起仄收。

(三)词例——辛稼轩(弃疾)一调

芳草绿萋萋,断肠绝浦相思。山头人望翠云旗,蕙肴桂酒君归。　　惆怅画檐双燕舞。东风吹散灵云,香火冷侵箫鼓,门外斜阳今古。

22. 浪淘沙——又名卖花声,五十四字,上下片共八平韵。

(一)词调的句式——共四个句组

"五,四,七"。"七,四"。　　下片全同。

(二)句式的分析：

开头组的五言为仄起平收式,四言也是平收,七言则为平起平收式。过拍组的七言为仄起仄收式,四言与上组的相同。

(三)词例——李后主(煜)一调

帘外雨潺潺,春意阑珊,罗衾不耐五更寒。梦里不知身是客,一晌贪欢。　　独自莫凭阑,无限江山,别时容易见时难。流水落花春去也,天上人间。

23.相见欢——又名乌夜啼,但另有"乌夜啼"(见一六六页)与此不同。此调三十六字,上下片共五平韵二仄韵。

(一)词调的句式——共四个句组

"六,三","九"。　　"三,三,三","九"。

(二)句式的分析：

开头组的六言为平起平收式,三言是"仄平平"式。过拍的九言为二、七读,第二字必仄,其七读的为平起平收律句。

换头前两个三言换仄韵,故末一字必须仄声。其余可灵活运用。但第三句三言必须是"仄平平"式,又复押原定的平韵。收拍的九言与过拍同。有些词书把这句与〔虞美人〕的九言都断作六、三读是错误的,因为此调的九言头二字是作总冒或形容下面的七言用,而且这七言又是律句故也。

(三)词例——李后主一调

林花谢了春红,太匆匆。无奈、朝来寒雨晚来风。　胭脂泪,留人醉,几时重。自是、人生长恨水长东。

24.如梦令——原名忆仙姿,又名宴桃源,三十三字,共六仄韵

(一)词调的句式——共三个句组

"六,六"。"五,六"。　"二,二,六"。

(二)句式的分析:

此调所有六言句均为仄起仄收式,第二组的五言为仄起平收式。收拍组二句二言为"平仄",或又是叠句叠韵。

(三)词例——秦淮海(观)一调

遥夜月明如水,风紧驿亭深闭。梦破鼠窥灯,霜送晓寒侵被。无寐,无寐,门外马嘶人起。

25.昭君怨——又名一痕沙、宴西园,四十字,上下片共四仄韵四平韵。

(一)词调的句式——共四个句组

"六,六"。"五,三"。　下片全同。

(二)句式的分析:

此调上下片句式全同,但每片均由仄韵换平韵,而

且上下片的平韵与仄韵均不相同。

开头组二句六言均为仄起仄收式。过拍组的五言为仄起平收,其三言则为"仄平平"式。

(三)词例——万俟雅言一调

春到南楼雪尽,惊动灯期花信。小雨一番寒,倚阑干。　莫把阑干频倚,一望几重烟水。何处是京华,暮云遮。

26.秋蕊香——四十八字,上下片共八仄韵。

(一)词调的句式——共四个句组

"六,六"。"七,六"。　"七,三"。"七,六"。

(二)句式的分析:

此调所有六言均与上一调〔昭君怨〕一样是仄起仄收式,所有七言均为平起仄收式,其三言则为"平平仄"式,当然第一字可灵活。

(三)词例——张文潜(耒)一调

帘幕疏疏风透,一线香飘金兽。朱阑倚遍黄昏后,廊下月华如昼。　别离滋味浓如酒,令人瘦。此情不及墙东柳,春色年年依旧。

27.乌夜啼——四十八字,上下片共四平韵。

(一)词调的句式——共四个句组

"六,六"。"七,五"。　下片全同。

(二)句式的分析：

开头组二句六言为相对式,前者仄起仄收,后者平起平收。过拍组的七言为平起仄收,五言为仄起平收。

(三)词例——陆放翁一调

金鸭余香尚暖,绿窗斜日偏明。兰膏香染云鬟腻,钗坠滑无声。　冷落秋千侣伴,阑珊打马心情。绣屏惊断潇湘梦,花外一声莺。

28. 西江月——又名步虚词,五十字,上下片共四平二仄韵,由平通转仄。

(一)词调的句式——共四个句组

"六,六"。"七,六"。　下片全同。

(二)句式的分析：

开头组两句六言与前一调〔乌夜啼〕全同。过拍组的七言为平起平收式,其六言与第一句同为仄起仄收式。

(三)词例——苏东坡一调

照野弥弥浅浪,横空暧暧微霄。障泥未解玉骢骄,我欲醉眠芳草。　可惜一溪明月,莫教踏碎琼瑶。解鞍欹枕绿杨桥,杜宇数声春晓。

29. 临江仙——五十六字,上下片共六平韵。

(一)词调的句式——共四个句组

"六,六,七"。"四,五"。　下片全同。

(二)句式的分析：

开头组二句六言与七言均与〔西江月〕开头三句无异。过拍组的四言为平起式，五言则是仄起平收。

(三)词例——赵长卿一调，附晏小山、鹿虔扆、毛滂各一调

夜久笙歌吹彻，更深星斗还稀，醉拈裙带写新诗。锁窗风露，烛灺月明时。　　水调悠扬声美，幽情彼此心知，古香烟断彩云归。满倾蕉叶，齐唱转花枝。

附晏小山(几道)一调，此调把过拍、收拍改为"五、五"句式。

梦后楼台高锁，酒醒帘幕低垂，去年春恨却来时。落花人独立，微雨燕双飞。　　记得小蘋初见，两重心字罗衣，琵琶弦上说相思。当时明月在，曾照彩云归。

又鹿虔扆一调，此调把开头、换头改为"七，六"式。

金锁重门荒苑静，倚窗愁对秋空，翠华一去寂无踪。玉楼歌吹，声断已随风。　　烟月不知人事改，夜阑还照深宫。藕花相向野塘中。暗伤亡国，清露泣香红。

又毛滂一调，此调开头、换头、过拍、收拍均改。

古寺长廊清夜美，风松烟桧萧然，石阑干外上疏帘。过云闲窈窕，斜日静婵娟。　　独自徘徊无个事，瑶琴试奏流泉，曲终谁见枕琴眠。香残虬尾细，灯烬玉虫偏。

30. 诉衷情——四十四字,上下片共六平韵。

(一)词调的句式——共四个句组

"七,五"。"六,五"。 "三,三,三"。"四,四,四"。

(二)句式的分析:

开头组七言为平起平收,五言为仄起平收。过拍组六言为上四平下二仄式("平平平平仄仄"式,其一、三、五字均可改变),五言与上组同。

换头组三句三言,前者为"平仄仄"式,后二者均为"仄平平"式。收拍组三句四言前者为仄收式,后二者为平收式。又此调六言只末字必仄,其余均可灵活。

(三)词例——赵师使一调

清和时候雨初晴,密树翠阴成。新篁嫩摇碧玉,芳径绿苔深。 雏燕语,乳莺声,暑风轻。帘旌微动,沉篆烟消,午枕馀清。

31. 阮郎归——又名醉桃源、碧桃春,四十七字,上下片共八平韵。

(一)词调的句式——共四个句组

"七,五"。"七,五"。 "三,三,五"。"七,五"。

(二)句式的分析:

此调只换头一组句式不同,其余三组均同是一种句式。七言、五言均为平起平收式。其二句三言则是相对式,即前者为"平仄仄",后者为"仄平平"式。其实这一联三言是把七言的"平平仄仄仄平平"式的后六言截作两句而已。这与〔鹧鸪天〕一样。

(三)词例——晏小山一调

天边金掌露成霜,云随雁字长。绿杯红袖趁重阳,人情似故乡。　　兰佩紫,菊簪黄,殷勤理旧狂。欲将沉醉换悲凉,清歌莫断肠。

32.人月圆——又名青衫湿,四十八字,上下片共四平韵。

(一)词调的句式——共四个句组

"七,五"。"四,四,四"。　　"四,四,四"。"四,四,四"。

(二)句式的分析:

开头组七言为平起仄收式,五言为仄起平收式。其余三组均是三句四言,亦均为前二句仄收、后一句平收。

(三)词例——吴激一调

南朝千古伤心事,还唱后庭花。旧时王谢,堂前燕子,飞入人家。　　恍然在遇,天姿胜雪,宫鬟堆鸦。江州司马,青衫泪湿,同是天涯。

33.眼儿媚——又名秋波媚,四十八字,上下片共五平韵。

(一)词调的句式——共四个句组

"七,五"。"四,四,四"。　"七,五"。"四,四,四"。

(二)句式的分析:

开头组七言为平起平收、五言为仄起平收式。过拍组三句四言,前二句仄收,后一句平收。下片只换头七言为平起仄收式,其余同上片。

(三)词例——王元泽(雱)一调

丝丝杨柳弄轻柔,烟缕织成愁。海棠未雨,梨花先雪,一半春休。　而今往事难重省,归梦绕秦楼。相思只在、丁香枝上,豆蔻梢头。

34.醉花阴——五十二字,上下片共六仄韵。

(一)词调的句式——共四个句组

"七,五"。"五,四,五。"　下片全同。

(二)句式的分析:

开头组七、五言均为仄起仄收式,过拍组四言为平收,前一句五言为仄起平收,后一句为起仄收。

换头的七言为平起仄收,以下全与上片相同。不过亦有把起句改作平起仄收式的,如此则下二片就没有半点儿差别。

(三)词例——李清照一调

薄雾浓云愁永昼,瑞脑消金兽。佳节又重阳,宝枕纱厨,半夜凉初透。东篱把酒黄昏后,有、暗香盈袖。莫道不消魂,帘卷西风,人比黄花瘦。

注:此词下片"有暗香盈袖"一句,是把五言律句改作一、四读的五言句的一个例子。

35.虞美人——五十六字,上下片各二仄韵二平韵。

(一)词调的句式——共四个句组

"七,五"。"七,九"。　　下片全同。

(二)句式的分析:

开头组七言为平起仄收,五言为仄起仄收式,过拍组七言与上组同式,九言则为二、七读,其七读的是平起平收律句。这与〔相见欢〕一样必须作二、七读。又上面曾指出有些词书把这二调的九言断作六、三读是错误的,因这种句子头二字多是虚词,即使头二字是实词,亦必须前六字像"小桥流水人家"的六言句,才必得作为六、三读。如东坡的"细草软沙溪路、马啼轻"。否则不可。

(三)词例——李后主一调

春花秋月何时了,往事知多少。小楼昨夜又东风,故国、不堪回首月明中。　　雕阑玉砌应犹在,只是朱颜改。问君还有几多愁,恰似、一江春水向东流。

又,在讲句法时曾提过:九言可作二、七读或四、五读。这并非说同一的句子,可随便把它作二、七或四、五读,而是说作者可以做成二、七读或四、五读的句子,如果作者意境是二、七读,你就不得读做四、五,反之亦然。如上面〔南歌子〕、〔相见欢〕与此调的词例中的九言都必须作二、七读而绝对不得作四、五读。又如上面〔喝火令〕与东坡另一首〔南歌子〕的一句九言:"晓也星稀,晓也月西沉"与"一朵彩云,何事下巫峰",就必得作四、五读,而绝不得作二、七读。但这二句实可以断作四言与五言两句的。

36.画堂春——四十七字,上下片共七平韵。

(一)词调的句式——共四个句组

"七,六"。"七,四"。   "六,六"。"七,四"。

(二)句式的分析:

此调的七言均为平起平收式,四言亦均为平收式。上片六言为平起平收式。下片二句六言是相对式即前者仄起仄收,后者平起平收。

(三)词例——秦淮海(观)一调

东风吹柳日初长,雨余芳草斜阳。杏花零乱燕泥香,睡损红妆。　宝篆烟消龙凤,画屏云锁潇湘。夜寒微透薄罗裳,无限思量。

37.桃源忆故人——又名虞美人影,四十八字,上下片共八仄韵。

(一)词调的句式——共四个句组

"七,六"。"六,五"。　　下片全同。

(二)句式的分析:

开头组七言为平起仄收、六言为仄起仄收式。过拍组的六言同上,五言亦是仄起仄收式。

(三)词例——黄山谷一调

碧天露洗春容净,淡月晓收残晕。花上密烟飘尽,花底莺声嫩。　　云归楚峡厌厌困,两点遥山新恨。和泪暗弹红粉,生怕人来问。

38.惜分飞——五十字,上下片共八仄韵。

(一)词调的句式——共四个句组

"七,六"。"五,七"。　　下片全同。

(二)句式的分析:

开头组的七、六言均为仄起仄收式。过拍组的五言为仄起仄收,七言为平起仄收。

(三)词例——陈西麓(允平)一调

钏阁桃腮香玉溜,困倚银床倦绣。双燕归来后,相思叶底寻红豆。　　碧唾春衫还在否,重理弓弯舞袖。锦藉芙蓉绉,翠腰羞对垂杨瘦。

39.菩萨蛮

——四十四字,上下片共四仄四平韵,每片均是由仄换平韵。

(一)词调的句式——共四个句组

"七,七"。"五,五"。　　"五,五"。"五,五"。

(二)句式的分析:

此调全是律句,开头组二句七言均为平起仄收式,过拍组二句五言前者仄起平收,后者平起平收。

换头组二句五言因换押仄韵,故与上片的相反,即前者平起仄收,后者仄起仄收。收拍组与过拍组全同。

又此调有在每个句组后各加一句,其句式句法均与原来下句无异,名为〔重头菩萨蛮〕,是前清道光年间广州歌妓张八娘所创制。我也效她填了一调。

(三)词例——温飞卿(庭筠)一调

小山重叠金明灭,鬓云欲度香腮雪。懒起画蛾眉,弄妆梳洗迟。　　照花前后镜,花面交相映。新贴绣罗襦,双双金鹧鸪。

附〔重头菩萨蛮〕张八娘一调,旧作一调

今宵屋挂前宵月,前年镜入新年发,芳心不共芳时歇。草色洞庭南,送君花满潭,别花君岂堪。　　绮窗临水岸,有鸟当窗唤,水上春帆乱。游蝶化行衣,行人游未归,蓬飞魂更飞。

注:此调为广州歌妓张八娘所创,即每一句组加一句与上面同式的句子。

又旧作一调：咏秋蝶

纤腰粉惹花房露，翩翩斜倚西风舞，依稀认得青陵路。翅薄不禁风，倩谁扶着侬，好留香阵中。　　草头栖定后，一似黄花瘦，魂断帘前柳。未见捉红蚕，化蛾心岂甘，当时春尚酣。

40.山花子——又名摊破浣溪沙，四十八字，上下片共五平韵。

(一)词调的句式——共四个句组

"七,七"。"七,三"。　　"七,七"。"七,三"。

(二)句式的分析：

开头组二句七言前者仄起平收，后者平起平收。过拍组的七言为仄起仄收，三言为"仄平平"式。又如果删去上下片二句三言，把其前一句的七言改为平起平收式就是〔浣溪沙〕了。

(三)词例——李中主一调

菡萏香消翠叶残，西风愁起绿波间。还与韶光共憔悴，不堪看。　　细雨梦回鸡塞远，小楼吹彻玉笙寒。多少泪珠何限恨，倚阑干。

41.应天长——四十九字，上下片共九仄韵。

(一)词调的句式——共四个句组

"七,七"。"三,三,七"。　　"五,六"。"六,五"。

(二)句式的分析：

开头组二句七言前者平起仄收，后者仄起仄收。过拍组二句三言为"平平仄"式，七言与上组末句同式。

换头以下的五言为平起仄收，六言亦均为仄起仄收。

(三)词例——欧阳修一调

一弯初月临鸾镜，云鬟凤钗慵不整。珠帘静，重楼迥，惆怅落花风不定。　绿烟低柳径，何处辘轳金井。昨夜更阑酒醒，春愁胜却病。

42.鹧鸪天——又名思佳客，五十五字，两片共六平韵。

(一)词调的句式——共四个句组

"七，七。七，七。"　"三，三，七。七，七。"

(二)句式的分析：

此调除二句三言外，全部均是七言律句，其黏对均与仄起首句起韵的七律同。开头组的二句，前者为仄起平收，后者为平起平收。过拍组的二句，前者为平起仄收，后者为仄起平收。二句三言为"平仄仄，仄平平"式，下面的七言与开头组第二句同式。收拍与过拍同。

(三)词例——晏小山一调

彩袖殷勤捧玉钟，当年拼却醉颜红。舞低杨柳楼心月，歌尽桃花扇底风。　从别后，忆相逢，几回魂梦与君同。今宵剩把银釭照,犹恐相逢是梦中。

43.丑奴儿——又名采桑子、罗敷媚歌,四十四字,上下片共六平韵。

(一)词调的句式——共四个句组

"七,四,四"。"七"。 下片全同。

(二)句式的分析:

开头组的七言为平起仄收式,二句四言均为平收式并均用韵或两句叠韵亦可。过拍组是单句成组,为仄起平收的七言律句。

(三)词例——李之仪一调。

春风似有灯前约,先报佳期,点缀相宜。天气犹寒蝶未知。　嫩黄染就蜂须巧,香压团枝,淡注仙衣。方士临门未起时。

44.小重山——五十八字,两片共八平韵。

(一)词调的句式——共四个句组

"七,五,三"。"七,三,五"。　"五,五,三"。"七,三,五"。

(二)句式的分析:

开头组七言为仄起平收,五言为平起仄收,三言则为"仄平平"式。过拍组七言为平起平收,三言为"平平仄"式,五言则为仄起平收式。

换头组二句五言为相对式即前者仄起平收,后者平起仄收,其三言则与开头组的三言同式。收拍组与过拍全同。

(三)词例——毛泽民(滂)一调

谁劝东风腊里来,不知天待雪,恼江梅。东郊寒色尚徘徊,双痴燕,飞傍鬓云堆。　玉冷晓妆台,宜春金缕字,拂香腮。红罗先绣踏青鞋,春犹浅,花信更须催。

柒　短调句式的分析(下)

45.渔家傲——六十二字,上下片共十仄韵。

(一)词调的句式——共四个句组

"七,七,七"。"三,七"。　　下片全同。

(二)句式的分析:

开头组三句七言,前后均为仄起仄收,中间为平起仄收。过拍组的三言为"平平仄"式,但中间一字可变,其七言为平起仄收式。

(三)词例——周美成(邦彦)一调

灰暖香融消永昼,蒲萄架上春藤秀,曲角阑干群雀斗。清明后,风梳万缕亭前柳。　　日照钗梁光欲溜,循阶竹粉霑衣袖,拂拂面红新著酒。沉吟久,昨宵正是来时候。

46.定风波——六十二字,两片共五平韵六仄韵。

(一)词调的句式——共四个句组

"七,七"。"七,二,七"。　　"七,二,七"。"七,二,七"。

(二)句式的分析：

此调除开头二句七言外，其余三组的组合均同。开头二句均为七言律句，前者仄起平收，后者平起平收。其余三组，前一句七言仄起仄收，后句平起平收，中间的二言为"平仄"式。

(三)词例——欧阳炯一调

暖日闲窗映碧纱，小池春水浸晴霞。数树海棠红欲尽，争忍，玉闺深掩过年华。　独绕绣床方寸乱，肠断，泪珠穿破脸边花。邻舍女郎相借问，音信，教人羞道未还家。

47.天仙子——六十八字，两片共十仄韵。

(一)词调的句式——共六个句组

"七，七"。"七，三，三"。"七"。　下片全同。

(二)句式的分析：

开头组二句七言与过拍一句均为仄起仄收式。第二组的七言为平起平收式，二句三言为"平仄仄，平平仄"式。

(三)词例——张子野一调

水调数声持酒听，午醉醒来愁未醒。送春春去几时回，临晚镜，伤流景。往事后期空记省。　沙上并禽池上暝，云破月来花弄影，重重帘幕密遮灯，风不定，人初静。明日落红应满径。

48.蝶恋花——又名鹊踏枝、凤栖梧,六十字,两片共八仄韵。

(一)词调的句式——共四个句组

"七,四,五"。"七,七"。 下片全同。

(二)句式的分析:

开头组七言为仄起仄收,四言为平收。五言也是仄起仄收。过拍组前一句七言与上组同,后一句则为平起仄收。

(三)词例——张泌一调

六曲阑干偎碧树,杨柳风轻,展尽黄金缕。谁把钿筝移玉柱,穿帘燕子双飞去。 满眼游丝兼落絮,红杏开时,一霎清明雨。浓睡觉来莺乱语,惊残好梦无寻处。

49.一剪梅——六十字,两片共六平韵。

(一)词调的句式——共四个句组

"七,四,四"。"七,四,四"。 下片全同。

(二)句式的分析:

此调全部四言均为仄起平收式,而且又是连句。原只后句用韵,因为平仄全同,可以前句亦用韵或叠同一字的韵(蒋竹山此调就改为句句用韵)。上片二句七言前者仄起平收,后者平起平收。下片与上片全同。

(三)词例——李清照一调

红藕香残玉簟秋,轻解罗裳,独上兰舟。云中谁寄锦书来,雁字回时,月满西楼。　花自飘零水自流,一种相思,两处闲愁。此情无计可消除,才下眉头,却上心头。

注:此词"才下眉头"的头字,并非用韵,只是偶合。不过前面说过:凡一联平仄相同的三言或四言句,均可连韵即两句均用韵,所以南宋及其以后的词人填此调均在各联四言句用韵或叠用重韵,就是此故。

又易安此调,一向词人均大加赞赏,殊不知此词实由赵长卿一调略改而来,她只是改了结拍前二句及一二字而已。或可说是青出于蓝吧!(查赵于北宋末年去世,比李大得多,不能说赵袭李的)兹录赵词于下:

红藕香残碧树秋,羞解罗裳,偷上兰舟。云中谁寄锦书来,雁字回时,月满西楼。　花自飘零水自流,一种相思,两处闲愁。酒醒梦断数残更,旧恨新欢,总在心头。

50.青玉案——六十六字,两片八仄韵。

(一)词调的句式——共六个句组

"七,三,三"。"七"。"四,四,五"。　"七,七"。以下二组同上片。

(二)句式的分析:

开头组的七言为平起仄收,二句三言为"仄仄仄,平平仄"式。第二组单一句七言为仄起仄收式。过拍组二句四言均为平起式,五言则为仄起仄收式。

换头组二句七言,前者与开头的同,后者为四、六同声的古句,此句最严格,不许改变一字。以下二组均与上片后二组无异。

(三)词例——贺方回(铸)一调

凌波不过横塘路,但目送,芳尘去。锦瑟年华谁与度?月台花榭,绮窗朱户,唯有春知处。　　碧云冉冉蘅皋暮,彩笔新填断肠句。若问闲愁都几许?一川烟草,满城风絮,梅子黄时雨。

注:此词在过拍、收拍前一句均用韵,但此句并非韵位,不必用韵。如果想多用韵,则此连句的四言均同平仄,故两句均可用韵,或作叠韵,这样一来,全词就多添四个韵,岂不更好。我填此调就是这样,兹附录于下:

海云缥缈天涯路,但目送,情莺去。蓦地回头浓绿处:荼蘼一树,樱桃一树,乱落如红雨。　　朱阑独倚闲凝伫,欲诉芳心向谁诉!杜宇声声春又暮。问花无语,问天无语,毕竟谁为主。

51.御街行——七十八字,两片共八仄韵。

(一)词调的句式——共六个句组

"七,三,三"。"七,六"。"四,四,五"。　　下片全同。

(二)句式的分析:

此调开头组与前一调全同,即七言为平起仄收式,二句三言为"仄仄仄,平平仄"式,不过可把这两句三言改作仄起仄收的五言律句。第二组的七言为平起平收,六言则为仄起仄收。过拍组二句四言均为平起仄收式,五言则为仄起仄收。但上下片两联三言的上句均可灵活运用。

(三)词例——范仲淹一调

纷纷坠叶飘香砌,夜寂静,寒声碎。真珠帘卷玉楼空,天澹银河垂地。年年今夜,月华如练,长是人千里。　　愁肠已断无由醉,酒未到,先成泪。残灯明灭枕头欹,谙尽孤眠滋味。都来此事,眉间心上,无计相回避。

52.江城子——即江神子,七十字,两片共十平韵。

(一)词调的句式——共六个句组

"七,三,三"。"四,五"。"七,三,三"。　　下片全同。

(二)句式的分析:

此调开头组的组合形式虽与前二调全同,但此调是平韵,故每句的句式不同,即七言为平起平收式,二句三言均为"仄平平"式。第二组的四言为平收,五言为仄起平收。过拍组七言为仄起仄收,二句三言前者为"平仄仄"式,后者为"仄平平"式。

(三)词例——谢逸一调

杏花村馆酒旗风,水溶溶,飏残红。野渡舟横,杨柳绿阴浓。望断江南山色远,人不见,草连空。　　夕阳楼外晓烟笼,粉香融,淡眉峰。记得年时,相见画屏中。只有关山今夜月,千里外,素光同。

53.江城梅花引——八十七字,两片共十一平韵。

(一)词调的句式——共七个句组

"七,三,三"、"四,五"、"七,三,三,三"。　　"七,三,三"、"七,四"、"四,五"、"七,三,三,三"。

(二)句式的分析:

此调与〔江城子〕大同而小异。上片除过拍处多了一句三言外,就没有什么差别(要参看〔江城子〕)。

换头的句组,仍是"七,三,三"式,只是换头二字必须重复过拍末二字,并且叠句叠韵,不过此叠句叠韵的四字,虽然要略断,但还是要连下三字读作七言(这个开头的不同,此句必须二、四同平古句)。这两个叠韵虽是句中韵,但不得省去而必须叠起韵来,因为它是过拍一韵的连续引长的缘故。这句特殊的七言后面二句三言,只要末一字必平,其前二字可灵活。下片多了"七,四"式一个句组,这个句组的一句七言也是特殊的七仄句,而且要叠一次头两个字成为略断的两句二言,其第五个字也还要叠第一个字,如此就已有了五个仄声字,最后两个字当然也还是仄声,不过因意境的关系,末一字之前一字,也可通融用一个平声。至于过拍与收拍的三句三言,后二句必须是"仄平平,仄仄平"式,前一句末一字必须仄,其余可灵活。

(三)词例——程正伯(垓)一调

涓涓霜月又侵门,对黄昏,怯黄昏。愁把梅花,独自泛清尊。酒又难禁花又恼,漏声远,一更更,总断魂。

断魂、断魂、不堪闻,被半温,香半熏。睡也、睡也、睡不稳,谁与温存。只有床前、红烛伴啼痕。一夜无眠连晓角,人瘦也,比梅花,瘦几分。

注:"四,五"句式可作九言二、七读。

54.风入松——七十三字,两片共八平韵。

(一)词调的句式——共六个句组

"七,四"、"七,七"、"六,六"。　　下片全同。

(二)句式的分析:

开头组七言为平起平收,四言为仄起平收。第二组二句七言前者平起仄收,后者三、四读,四读与前一句四言同式,过拍组二句六言为相对式即前者仄起仄收,后者平起平收。

(三)词例——康伯可(与之)一调

一宵风雨送春归,绿暗红稀。画楼镇日无人到,更与谁、同捻花枝。门外蔷薇开也,枝头梅子酸时。

玉人应是数归期,翠敛愁眉。塞鸿不到双鱼远,叹楼前、流水难西。新恨欲题红叶,东风满院花飞。

注:开头、换头的四言可改作仄起平收五言律句。

55.破阵子——又名十拍子,六十二字,上下片共六平韵。

(一)词调的句式——共六个句组

"六,六"。"七,七"。"五"。　　下片全同。

(二)句式的分析:

开头组二句六言是相对式即前者仄起仄收,后者平起平收。第二组二句七言前者仄起仄收,后者仄起平收。过拍句为平起平收五言。

(三)词例——晏同叔(殊)一调

燕子来时新社,梨花落后清明。地上碧苔三四点,叶底黄鹂一两声。日长飞絮轻。　　巧笑东邻女伴,采桑径里逢迎。疑怪昨宵春梦好,原是今朝斗草赢。笑从双脸生。

56.离亭燕——七十二字,两片共八仄韵。

(二)词调的句式——共六个句组

"六,六"。"七,六"。"五,六"。　　下片全同。

(二)句式的分析:

此调四句六言均为仄起仄收式,而且都用韵。七言也是仄起仄收式,五言为仄起平收式。

(三)词例——张升一调

一带江山入画,风物向秋潇洒。水浸碧天何处断,霁色冷光相射。蓼屿荻花洲,掩映竹篱茅舍。 云际客帆高挂,烟外酒帘低亚。多少六朝兴废事,尽入渔樵闲话。怅望倚层楼,寒日无言西下。

57. 唐多令——又名南楼令,六十字,两片共八平韵。

(一)词调的句式——共四个句组

"五,五,七"。"七,三,三"。 下片全同。

(二)句式的分析:

开头组二句五言前者仄起平收,后者平起平收,其七言则作三、四读,四读的是平收式。过拍组的七言为仄起仄收,二句三言为"平仄仄,仄平平"式,下句不许变,上句第一、二字可灵活运用。

(三)词例——陈西麓(允平)一调

何处是秋风,月明霜露中,算凄凉、未到梧桐。曾向垂虹桥上望,有几树,水边枫。 客路怕相逢,酒浓愁更浓,数归期、犹是初冬。欲寄相思无好句,聊折赠,雁来红。

58. 殢人娇——六十四字,两片共八仄韵。

(一)词调的句式——共六个句组

"四,四,七"。"四,四"。"五,四"。 下片全同。

(二)句式的分析:

开头组二句四言为相对式,即前者平收,后者仄收,七言则为三、四读,三读的末字必仄,四读的是仄收。后二组三句四言均为平起仄收。其五言为仄起平收式。或作一、四读亦可。

(三)词例——毛泽民一调

云做屏风,花为行幛,屏幛里、见春模样。小晴未了,轻阴一饷。酒到处恰(作平)如,把春拈上。　　官柳黄轻,河堤绿涨,花多处、少停兰桨。雪边花际,平芜叠嶂,这一段凄凉,为谁怅望。

59.行香子——六十七字,两片共十平韵。

(一)词调的句式——共六个句组

"四,四,七"。"四,四"。"四,三,三"。　　下片全同。

(二)句式的分析:

开头组二句四言均为平收式,其七言作三、四读:三读的为"仄平平"式,四读的为平收式。第二组二句四言为相对式,即前者仄收后者平收。过拍组的四言是一、三读,即用一个字冒着三句三言,但有时为使词意更加完足,可加一个字,即用两个字作冒头,此三句三言前后二句为"仄平平"式,中间一句为"平仄仄"式。这中间一句末字必须仄声,余二字可灵活;但前后二句则不许改变。当然第一句第一字可变。

(三)词例——蒋竹山(捷)一调:

红了樱桃,绿了芭蕉,送春归、客尚蓬飘。昨宵谷水,今夜兰皋。奈、云溶溶,风淡淡,雨潇潇。　银字筝调,心字香烧,料芳踪、乍整还凋。待将春恨,都付春潮。过窈娘堤,秋娘渡,泰娘桥。

60. 千秋岁——七十一字,两片共十仄韵。

(一)词调的句式——共八个句组

"四,五"。"三,三"。"五,五"。"三,七"。　"五,五"。以下三组均同上片。

(二)句式的分析:

开头组四言为仄收,五言为仄起仄收。第二组二句三言为"平仄仄,平平仄"式。第三组二句五言,前者平起仄收,后者仄起仄收。过拍组的三言为"平仄仄"式,末一字必须仄,七言为平起仄收式。

换头组二句五言均为仄起仄收式。后三组均与上片无异。

(三)词例——谢溪堂(逸)一调

楝花飘砌,蔌蔌清香细。梅雨过,蘋风起。情随湘水远,梦绕吴山翠。琴书倦,鹧鸪唤起南窗睡。　密意无人寄,幽恨凭谁洗。修竹畔,疏帘里。歌余尘拂扇,舞罢风掀袂。人散后,一钩淡月天如水。

61.新荷叶——八十二字,两片共九平韵。

(一)词调的句式——共八个句组

"四,六"。"四,六"。"四,七"。"四,六"。　"四,六"。以下三组均同上片。

(二)句式的分析:

此调两片都有三组"四,六"式的句组,前二组的句式全同。四言均为平收式,六言均平起平收式。过、收拍组亦只四言为仄收而稍异耳。第三组的四言亦为仄收式,七言则为三、四读,三读的灵活运用,四读的为平收式。

(三)词例——赵彦端一调

欲暑还凉,如春有意重归。春若归来,任它莺老花飞。轻雷淡雨,似晚风、欺得单衣。檐声惊醉,起来新绿成围。　回首分携,光风冉冉菲菲。曾几何时,故山疑梦还非。鸣琴再抚,将清恨、都入金徽。永怀桥下,系船溪柳依依。

62.蓦山溪——八十二字,两片共六仄韵。

(一)词调的句式——共六个句组

"四,五"。"五,七"。"四,五,三,三,五"。　下片全同。

(二)句式的分析:

此调每片的四言均为仄收式,五言开头组的与过拍句的均为仄起仄收。其余二句均为仄起平收,七言作三、四读,三读的可灵活,四读的亦为仄收。过拍组的二句三言为"平仄仄,仄平平"式,爱好多用韵的词人,又可在这两句用韵,于是把下句末字改仄以合韵。

(三)词例——张元幹一调

一番小雨,陡觉添秋色。桐叶下银床,又送个、凄凉消息。故乡何处,搔首对西风;衣线断,带围宽,衰鬓添新白。　钱塘江上,冠盖如云积,骑马傍朱门,谁肯念、尘埃墨客。佳人信杳,日暮碧云深;楼独倚,镜频看,此意无人识。

又附黄山谷一调,此词在两联三言都用韵。

鸳鸯翡翠,小小思珍偶。眉黛敛秋波,尽湖南、山明水秀。娉娉嫋嫋,恰近十三余;春未透,花枝瘦,正是愁时候。　寻芳载酒,肯落他人后?只恐远归来,绿成阴、青梅如豆。心期得处,每自不由人;长亭柳,君知否,千里犹回首。

注:黄词在过拍、收拍前二句三言用韵,是有意的。因嫌它在第五句才用韵,觉得太疏,故有意添多二韵。至于换头的"酒"字,则只是与韵偶合而已,并非有意又添一韵,否则他必在开头一句也添上一个韵。

63.千秋岁引——八十二字,两片共八仄韵。

(一)词调的句式——共六个句组

"四,四,七"。"七,七"。"三,三,三"。   "七,七,七"。"七,七"。"三,三,三"。

(二)句式的分析:

开头组二句四言为相对式,前者仄起,后者平起,七言则为四、六同平声的古句,是不得改变的。此种句组也如长调中常见的"四,四,六"式的句组一样,其一联四言例不用韵。短调〔媜人娇〕一调的句组,虽亦与此调同为"四,四,七"式,但它的一联四言后面的七言是作三、四读,故其第二句四言用韵,因其七言与此调不同,因而成了特例。至于〔行香子〕一调,其七言固已是三、四读,而上面一联四言又是同式,因此两句均可用韵,这在词的用韵一章已说明过,故不再赘。第二组二句七言,均为三、四读,但严格说来,均为三、一、三读(那些前后的三字成为对偶的如"枕前泪、共、阶前雨"更要如此),与一般的三、四读有别。前的三读均为"平平仄"式,后的三读,上句的为"仄仄仄"式,因已是三仄,故前面的一读必平。下句的是"平平仄"式,因开头是两平,故前面的一读必仄。过拍组三句三言,末一句必须为"平平仄"式,当然第一字可变;首句必为"仄平平"式,中间一句末一字必仄,余可灵活。

换头组三句七言,前一句为仄起仄收律句。后二句与开头组的七言同式。第二组二句七言前为二、四同声古句,后为平起仄收律句。收拍组与过拍组全同。

(三)词例——王荆公(安石)一调

别馆寒砧,孤城画角,一派秋声入寥廓。东归燕、从、海上去,南来雁、向、沙头落。楚台风,庾楼月,宛如昨。　无奈被些名利缚,无奈被他情担阁,可惜风流总闲却。当初谩留华表语,而今误我秦楼约。梦阑时,酒醒后,思量着。

注:此调第二句"角"字,只是与韵偶合而并非用韵。在填词的过程中,此种情形极普遍,因为被意境所决定,很容易有此种偶合。我填此调时,就是如此,到了填好再读时才发觉第二句末一字与韵偶合。朋辈看了,也认为我效王荆公体,其实不然。兹附录于下。词云:

瘦苇黄边,疏蘋白外,水殿仙姬立风背。春山黛、才、淡淡扫,红妆影、惹、人人爱。最消魂,玩歌扇,舞裙带。　谁料蓦然环珮解,谁料霎时钗簪碎,媚眼娇姿变愁态。当初谩夸颜色好,而今只剩遗香在。有谁怜,绿珠粉,沉光彩。

64.洞仙歌——八十三字,共六仄韵。

(一)词调的句式——共五个句组

"四,五,七"。"五,四,三,六"。　"五,四,七"。"五,四,七"。"三,五,五,四"。

(二)句式的分析：

开头组的四言为平起式，五言为仄起仄收律句，又可作一、四读的五言，其四读的是仄收式，七言则为四、六同平的古句（或改为五仄古句）。过拍组的五言为仄起平收律句，或作一、四读则与第二句作一、四读无异，四言则为平收式。这两句或作三、六读的九言；过拍的三言末字必仄，余可灵活，六言则为仄起仄收式。

换头组的五言为平起仄收律句，四言为平收，七言与开头组一样。第二组句组虽同前组，但句法不一样，五言四言均为仄起平收。七言则作三、四读，四读的亦为仄收式，但此句七言又可改作四、六同平的古句，这就与上组只是大同而小异了。收拍组的三言末一字必仄，余可灵活，第一句五言是二、四同平古句，亦可改作仄起平收律句，这三言、五言二句又可作一、七读的八言，七读则为四、六同平的七言古句。第二句五言必作一、四读，作四读连下成为一联相对的四言，前者平收，后者仄收。此调变化最多，故多举词例。

(三)词例——晁无咎（又作毛滂）、苏东坡、辛稼轩各一调，并附旧作一调

(1)晁词：

绿烟深处，碧海飞金镜，午夜玉阶卧桂影。相看露凉时，零落琼浆，神京远，唯有蓝桥最近。　　水晶帘不下，云母屏开，冷射佳人淡脂粉。便都把许多明（便字作

衬字用),付与清尊,投晓共、流霞倾尽。更移取胡床上南楼,看玉做人间,素光千顷。

(2)苏词:

冰肌玉质,自、清凉无汗,水殿风来暗香满。绣帘开,一点明月窥人;人未寝,欹枕钗横鬓乱。　起来携素手,庭户无声,时见疏星度河汉。试问夜如何,夜已三更,金波淡、玉绳低转。但屈指西风几时来,又、不道流年,暗中偷换。

(3)辛词:

飞流万壑,共、千岩争秀,孤负平生弄泉手。叹、轻衫窄帽,几许红尘;还自喜,濯发沧浪依旧。　人生行乐耳,身后虚名,何似生前一杯酒。便此地结吾庐(便字作衬字用),待学渊明,更手种、门前五柳。且归去,父老约重来,问如此青山,定重来否?

(4)旧作:

荒园数亩,野草埋幽径,池里惟余败荷梗。看、轻衫窄袴,尽染尘泥;还喜得,栽就满园桃杏。　人言裹足信,果不充肠,花也何曾适情性。自笑十年前,自许多情,却被红香弄成病。到今日,皮包骨嶙峋,想、钟鼎山林,早安排定。

65.苏幕遮——又名鬓云松令,六十二字,两片共八仄韵。

(一)词调的句式——共六个句组

"三,三,三,五"。"七"。"四,五"。　　下片全同。

(二)句式的分析:

开头组二句三言为"仄平平,平仄仄"式,四言为平收,五言为仄起仄收。单独成组的七言为仄起仄收式。过拍组与开头组第三、四句同式。

(三)词例——范仲淹一调

碧云天,黄叶地;秋色连波,波上寒烟翠。山映斜阳天接水。芳草无情,更在斜阳外。　　黯乡魂,追旅思,夜夜除非,好梦留人睡。明月楼高休独倚。酒入愁肠,化作相思泪。

66.最高楼——七十一字,两片七平二仄韵。

(一)词调的句式——共七个句组

"三,五,五"。"七,七"。"三,三,三"。　　"八,八"。"三,三"。"七,七"。"三,三,三"。

(二)句式的分析:

开头组的三言为"平平仄"式,二句五言均为仄起平收都用韵。第二组二句七言,前者平起仄收,后者平起平收。过拍组三句三言,前后二句均为"仄平平"式,中间一句则为"平仄仄"式。

换头组二句八言作三、五读,三读的是三仄,五读的均为平起仄收;亦均换仄韵。第二组二句三言为相对的一联,合成"平仄仄,仄平平"式。后二组与上片后二组无异。

(三)词例——辛稼轩一调

长安道,投老倦游归,七十古来稀。藕花雨湿前湖夜,桂枝风淡小山时。怎消除,须瀹酒,更吟诗。　也莫向、竹边孤负雪,也莫向、柳边孤负月。闲过了,总成痴。种花事业无人问,惜花情绪只天知。笑山中,云出早,鸟归迟。

67.祝英台近——七十七字,两片共七仄韵。

(一)词调的句式——共六个句组

"三,三,五"。"四,五"。"六,四,七"。　"三,六,五"。"四,五"。"六,四,七"。

(二)句式的分析:

开头组二句三言为相对式,即"仄平平,平仄仄"式,五言为仄起仄收。第二组的四言为平收式,五言亦是仄起仄收,但把第三字改作仄声,于是成为"仄仄仄平仄"式而且固定起来,不许更改。过拍组的六言为平起平收式,四言为仄收式,七言作三、四读,四读的也是仄收式。

换头组的三言为"仄平仄"式,六言亦与上片的同式,又可改作上四仄下二平"仄仄仄仄平平"式,五言为二、四同平古句,但亦可改为律句。后二组与上片的无异。

(三)词例——辛稼轩、张玉田、史梅溪各一调

(1)辛词:

宝钗分,桃叶渡,烟柳暗南浦。怕上层楼,十日九风雨。断肠点点飞红,都无人管,倩谁唤、流莺声住。　鬓边觑,试把花卜归期,才簪又重数。罗帐灯昏,哽咽梦中语。是他春带愁来,春归何处,却不解、带将愁去。

注:稼轩此词第二句的"渡"字与收拍前一句的"处"字,都是偶合,并非用韵。

(2)张词:

水痕深,花信足,寂寞汉南树。转首清阴,芳事顿如许。不知多少消魂,夜来风雨,犹梦到、断红流处。　最无据,长年息影空山,愁入庾郎句。玉老田荒,心事已迟暮。几回听得啼鹃,不如归去,终不似、旧时鹦鹉。

(3)史词:

绾流苏,垂锦绶,烟外红尘逗。莫倚苺墙,花气醺如酒。便愁醺醉青虬,蜿蜒无力,戏穿碎、一屏新绣。　谩怀旧,如今姚魏俱无,风标较消瘦。露点摇香,前度剪花手。见郎和笑拖裙,匆匆欲去,蓦忽地、罥留芳袖。

68.金人捧露盘——又名上西平,七十九字,两片共八平韵。

(一)词调的句式——共八个句组

"三,三,三"。"七"。"四,七"。"四,七"。 "三,三,三,三"。下三组均与上片同。

(二)句式的分析:

开头组三句三言,前后两句均为"仄平平"式。中间一句则为"平平仄"式。单句成组的七言是三、四读,四读的为平收式。其三读的末字必仄。第三组的四言为仄收,七言为平起平收。过拍组本与上组同式,只是七言作三、四读,其式与单句的七言相同。

换头组四句三言,其末一句必为"仄平平"式。第一句可灵活运用,余二句末字必仄。又过拍收拍组的"四,七"句式可改作"七,四"句式。

(三)词例——高观国、曾觌各一调

(1)高词:

念瑶姬,翻瑶珮,下瑶池。冷香梦、吹上南枝。罗浮梦杳,忆曾清晓见仙姿。天寒翠袖,可怜是、倚竹依依。 溪痕浅,雪痕冻,月痕淡,粉痕微。江楼怨、一笛休吹。芳信待寄,玉堂烟驿两凄迷。新愁万斛,为春瘦、却怕春知。

(2)曾词:

记神京,繁华地,旧游踪。正御沟,春水溶溶。平康巷陌,绣鞍金勒跃青骢。解衣沽酒醉弦管,柳绿花红。　　到如今,余霜鬓,嗟前事,梦魂中。但寒烟、满目飞蓬。雕兰玉砌,空余三十六离宫。塞笳惊起暮天雁,寂寞东风。

捌　长调的句组分析

短调上下片基本相同,长调则基本相异,其上下片全同的,只是绝少数。柳永是慢词的创制者,在其所创无数的长调中,只有三两调如〔玉蝴蝶〕、〔昼夜乐〕是两片全同而已。就因其上下片绝大多数是相异,所以其句法、句式的变化,就比短调复杂得多。

长调虽然绝少两片全同,但仍有一小部或大部还是同的。而其上下片相应的句子,又多必然无异。而且不只同调的如此,各种调中彼此相同的句组,所在多有。其中虽有差异,但一经比较分析之后,就可见其变异的痕迹与原因。所以在长调的分析中,更注重比较的说明。如果了解长调句组的结构及其彼此间的关系,就可据以运思措词与安排,而填起长调来,也不觉得什么困难了。

兹根据句组的形式,依次选出各调来说明:

69.意难忘——九十二字,共十二平韵。

(一)词调的句组——共八个

"四,五,四"。"五,五"。"三,三,五"。"三,四,四"。　　"六，五，四"。以下三组均同上片。

(二)句组的分析：

此调开头"四，五，四"式的句组，在长调中最常见。不但用在开头的很多，用在词中间的亦不少。换头"六，五，四"式的句组，则更为普遍。故先把这两种详细说明一下，使以后更易于了解。

凡此种句式中间的五言(包括"五，四"式的五言，亦即其下有一句四言的五言)，必为一、四读(那些作五言律句的只是把它变化过来，并非正格)。一是冒头必仄，四连下成为一联四言，亦即四读的必为四言句式(所有三、四读七言中的四读，莫不如此)。这是必须加以注意的地方。

又凡用此种句组作开头的，不论其为平韵或仄韵的词调，其首句多是用韵。平韵调的首句四言必为平收式，五言的四读与下句四言为相对式，即前者仄收，后者必为平收。此是平韵调中此种句组的基本句式。至于仄韵调的，不论首句用韵与否，其首尾二句四言必为仄收，中间五言的四读，亦为仄收式。此又是仄韵调中此种句组的基本句式。如果有变化，亦只限于中间五言的四读。明白了这个关键，则一看此种句组的韵脚，就能知道各句的平仄排列，及其必然的变化，而不必强记词律了。

换头"六，五，四"式的句组，更为长调一般所常见。

其六言，平韵调以平起平收为基本式，仄韵调则以仄起仄收为基本式。平韵调不论此句用韵与否，必为平收。仄韵调此句比较灵活（当然如果用韵，则必须仄收）。除开六言不说，其五言的四读与下句四言成为相对式，即前者仄收后平收。此又为词调（不论平韵仄韵）中此种句组共同的基本句式。这在平韵调没有问题，但在仄韵调问题就出来了，即平收如何能用仄韵的问题。这只有两种解决的办法。一是变此句的句式为平起仄收，以符合仄韵的要求，这是把相对的一联四言转化为同是平起仄收式；这种变化较大。二是干脆把"仄仄平平"式的末字改仄，成为"仄仄平仄"的四言拗式；这是只变了一字，喜欢在词调中保留一些拗句的词人，多用此种办法（在句法的四言句中曾揭示过）。有极少数仄韵调这句五言的四读与下句四言不用相对式而用相同式，即同为平起仄收式，就没有这个问题发生，如〔真珠帘〕、〔翠楼吟〕便是。又有很罕见的仄韵调虽用相对式，但前者用仄起平收，后者平起仄收，亦没有这个问题发生，如〔双双燕〕便是。

再说第二组，这是一联相对的五言律句，前者平起仄收，后者仄起平收。第三组是一联相对式三言即"平仄仄，仄平平"式。五言作一、四读或律句均可。过拍组的三言为"仄仄平"式，是总冒下面一联四言。此亦为长调所常见的句组形式，〔贺新郎〕调上下片第二句连下同是"三,四,四"式。〔贺新郎〕是仄韵调,故一联四言同为仄收来适应用韵。此调是平韵,故后一句必为平收,并与上句成为相对式。〔凤凰台上忆吹箫〕的过、收拍与此均同。只三言是仄收而已。〔高阳台〕的过、收拍的句组亦与此相同,只是四言同为平收。

(三)词例——周美成一调

衣染莺黄,爱、停歌驻拍,劝酒持觞。低鬟蝉影动,私语口脂香。簷露滴,竹风凉,拼、剧饮淋浪。夜渐深,笼灯就月,子细端相。　知音见说无双,解、移宫换羽,未怕周郎。长颦有恨,贪要不成妆。些个事,恼人肠。待、说与何妨。又恐伊,寻消问息,瘦减容光。

70. 换巢鸾凤——一百字,五平韵六仄韵。

(一)词调的句组——共八个

"四,五,四"。"五,五"。"七,三,五"。"三,七"。　"五,四,五"。"四,四,六"。"七,七"。"三,七"。

(二)句组的分析:

此调开头一、二组与上一调全同。第三组的七言是平起平收律句。三言为"平仄仄"式。五言是平起平收律句改换第三字成为"平平平仄平"式。并把它固定起来不许再变。这一如〔摸鱼儿〕的过拍收拍一句仄起仄收五言律句改变第三字成为"仄仄仄平仄"式一样,也不得再变(〔祝英台近〕上下片第二组的五言亦然)。过拍组的三言为"平平仄"式,七言是三、四读,亦可断作三言四言两句,三可灵活四必为仄收,以便通转同部仄韵,并一直通转到下片结句。

换头"五,四,五"式句组与下一组均与〔喜迁莺〕换头一、二组的句式全同。只是此调上一句五言除用句中韵外,仍然在此句用韵,〔喜迁莺〕此句则只用句中韵而已。这上一句是"仄仄平仄仄"式古句,四言为平收,五言为仄起仄收律句。下组与一般"四,四,六"式而用仄韵的无异,即一联四言是相对式,上句仄起下句平起,六言则为仄起仄收基本式。第三组上句七言为仄起四、六同平而又平收的古句,下句为平起仄收律句。收拍组与过拍组无异。

(三)词例——史梅溪(达祖)一调

人若梅娇,正、愁横断坞,梦绕溪桥。倚风融汉粉,坐月怨秦箫。相思因甚到纤腰,定知我,今无魂可消。佳期晚,谩几度、泪痕相照。　　人悄天眇眇,花外语香,时透郎怀抱。暗握荑苗,乍当樱颗,犹恨侵阶芳草。天念王昌忒多情,换巢鸾凤教偕老。温柔乡,醉芙蓉、一帐春晓("帐"字破格,因此句与过拍句同是平起之故)。

考此调在梅溪前未见,在梅溪后的词人亦少填。其少填之故有二:一恐怕是由过拍即通转同部仄韵到底,难于运思以表达意境;二恐怕是"今无魂可消"的特别平声多的句子难于措词。这一句子骤看似可作一、四读的五言句,然而不是,因一、四读的一必须作仄声,只要一看上一调与本调的"四,五,四"式句组以及上一调的"六,五,四"式句组中间的五言句,便可明白。而此一句的"今"字则是平声,故绝无作一、四读之理。然而万树《词律》却把这个"今"移归上面断作"定知我今"的一句不伦不类的四言句,下片"醉芙蓉"的"醉"亦移上断作"温柔乡醉"的四言,试问这样的四言有何意义,同样也可把柳永〔八声甘州〕的"争知我,倚阑干处",断作"争知我倚"的四言了。这岂不是笑话吗?万树不了解四言句的结构组织,就凭主观断出这种不但诗词不会有,抑亦散文也找不到的句子来,真是误人不浅。我这样说,并非反对人们去读《词律》,但绝不能奉之为填词的不二法门,更绝不能以谬作真,如此而已。

71. 喜迁莺——一百零三字,共九仄韵。

(一)词调的句组——共八个

"四,五,四"。"四,四,六"。"六,六"。"三,五,四"。 "五,四,五"。以下三组均同上片。

(二)句组的分析:

此调开头也是"四,五,四"式句组,与上二调相同,亦是首句起韵。但此调用仄韵,故句组各句的句式又均与上二调相反。即首句为仄收,五言的四读连下成为前平收后仄收的相对式四言联。第二组与上调以及仄韵长调的"四,四,六"式句组全同。第三组一联六言均为仄起仄收式。过拍组的三言可灵活,五言是一、四读,四读与下句同为仄收的一联四言。

换头组"五,四,五"式句组,在长调中亦不算少。连下一组均与上调全同,只首句不用韵而已,但第二字还是一样用句中韵。

(三)词例——赵彦端一调

登山临水,正、桂岭瘴开,蓣洲风起。玄鹤高翔,苍鹰远击,白鹭欲飞还止。江上澄波似练,沙际行人如蚁。目断处,见、遥峰蹙翠,残霞浮绮。　千里关塞远,雁阵不来,犹把阑干倚。数叠悲笳,一行征旆,城郭几番成毁。白塔前朝陵寝,青嶂故都营垒。念往事,但、寒烟满目,秋蝉盈耳。

72.解连环——又名望梅,一百零七字,共九仄韵。

(一)词调的句组——共八个

"四,五,四"。"七,五,四"。"四,七"。"五,四,四"。　"六,五,四"。二、三组与上片同。末组是"三,四,四"。

(二)句组的分析:

此调开头组句式与上面数调均同,也是首句起韵,惟不取与平韵调相反的句式,而是三句均同为仄收式。

此种形式是仄韵调的基本式,较上一调中间五言的四读连下句四言为相对式的,更为普遍。第二组的七言是三、四读,三可灵活,四为平收。五言的四读连下成为一联相对式的四言。第三组的四言为平收,七言的四读为仄收。过拍组"五,四,四"式亦为常见的句组。五言的四读连下为同是仄收的三句四言,但中间一句可作平收。

换头"六,五,四"式句组与〔意难忘〕同,除六言是上四平下二仄式不同外,即除六言外,不论是什么句式,其五言四读连下成为一联相对式的四言,即前是平起仄收后是仄起平收式,此种换头的句组句式,是长调最普遍的基本式。上面已说过,此种句组末句为平收式如何适应仄韵调用韵的要求这个问题。并说只有两种解决的办法。此调则两种办法均备。即一种是把平收末字改仄,使成为拗式的四言句;一种是把这仄起平收句改作平起仄收句来适应仄韵的要求。在词例中各举一阕,以资对照。收拍的"三,四,四"式与〔意难忘〕同,但此调因用仄韵,故一联四言与之相反,即前者平收,后者仄收,前句四言可通融改作仄收。

(三)词例——王碧山、张玉田各一调

(1)王词:

画阑人寂,喜、轻盈照水,犯寒先桥。袅数枝、云缕鲛绡,露、浅浅涂黄,汉宫娇额。剪玉裁冰,已占断、江南春色。恨风前素艳,雪裹暗香,偶成抛掷。 如今眼穿故国,待、拈花弄蕊,时话思忆。想陇头、依约飘零,甚、千里芳心,杳无消息。粉怯珠愁,又只恐、吹残羌笛。正斜飞,半窗晓月,梦回陇驿。

(2)张词:

楚江空晚,怅、离群万里,恍然惊散。自顾影、欲下寒塘,正、沙净草枯,水平天远。写不成书,只寄得、相思一点。叹、因循误了,残毡拥雪,故人心眼。 谁怜旅愁荏苒,谩、长门夜悄,锦筝弹怨。想伴侣、犹宿芦花,也、曾念春前,去程应转。雨暮相呼,怕蓦地、玉关重见。未羞他,双燕归来,画帘半卷。

照以上二例看来,换头组的"六,五,四"式中的四言,王词"时话思忆"句为"仄仄平仄"式即四言是拗式,张词"锦筝弹怨"句则为"平平仄仄"式。这两者既可互变,则凡遇着此种句组的"仄仄平仄"式的四言,均可改作平起仄收的四言,就毫无疑义的了。何况以"四,五,四"句组开头的仄韵调,其五言的四读与下面一句四言,基本是同平仄式即同为平起仄收式,则在换头的五言四读与其下的四言,照理也应该可作同平仄式而不必一定要作相对式。不说开头单就换头来说吧,换头的五言四读与其下一句四言,既已仄收与平收相对矣,何以又容许把平收末字改仄?既容许此种改法,照理亦应容许把全句改作平起仄收了。且看白石〔翠楼吟〕的换头"此地宜有词仙,拥、素云黄鹤,与君游戏",末句四言就是平起仄收。据此则可肯定地说,凡遇着这种句组的"仄仄平仄"句均可改作"平平仄仄"式,全无问题。

73.暗香——九十七字,共十二仄韵,此调到张玉田又改名"红情"。

(一)词调的句组——共八个

"四,五,四"。"四,七"。"六,七"。"七,五"。   "五,五,四"。二、三组与上片同。末组是"六,四"(这种收拍比过拍少二字,亦为长调的通例)。

(二)句组的分析:

此调开头句组与上二调同式,都是用仄韵并首句起韵,故其二句四言,亦同为仄收式,其五言仍同上二调作一、四读,不过〔喜迁莺〕的四读为平收而已,但以仄收为多。这是用仄韵的正格。第二组的四言是平收式,其七言则为仄起仄收四、六同声古句。第三组的六言是仄起仄收式,七言则为三、四读,四读的也是仄收式。过拍组的七言句法与上句同,但四读的为平收式,其五言是仄起仄收律句改变第三字,成为"仄仄仄平仄"式而且固定起来不许更改(〔摸鱼儿〕两片结句与此无别)。

换头亦首句起韵,第一句五言为五仄古句并用句中韵,但改第四字与过拍句一样的亦可。第二句则为一、四读,四读的连下成为一联相对的四言,前者平收,后者仄收。此与〔扫花游〕的换头组相同。二、三组均同上片,只是四言改为仄收。收拍组的六言作三、三读,并可断作二句;因此可改作"三,三,四"句组形式。二句三言均可灵活,只下句末字必仄,四言亦是仄收式。

(三)词例——姜白石、张玉田各一调

(1)姜词:

旧时月色,算、几番照我,梅边吹笛。吹起玉人,不管清寒与攀摘。何逊而今渐老,都忘却、春风词笔。但怪得、竹外疏花,香冷入瑶席。　江国正寂寂,叹、寄与路遥,夜雪初积(此句本是平起仄收,与上面平收相对,姜改仄起,但仄起必须平收,因用仄韵,故末字不得不改仄)。翠尊易泣,红萼无言暗相忆。长记曾携手处,千树压西湖寒碧。又片片,飞尽也,几时见得。

(2)张词:

羽音辽邈,怪、四檐昼悄,近来无鹊。木叶吹寒,极目凝思倚江阁。不信相如便老,犹未减、当时游乐。但趁他、斗草簪花,终是带离索。　忆昨更情恶,谩、认着梅花,是君还错。石床冷落,闲扫松阴与谁酌。一自飘零去远,几误了、灯前深约。从到此,归未得,几曾忘却。

注:玉田此词换头组末句为平起仄收,与上面四读相对,是正格。

74.疏影——一百一十字,玉田改名"绿意",九仄韵。

(一)词调的句组——共八个

"四,五,四"。"四,四,六"。"七,七"。"七,六"。 "六,五,四"。后三组均同上片。

(二)句组的分析:

开头组与〔暗香〕一调全同。第二组是一般形式的"四,四,六"句组,只是此调一联四言同为平收而已。六言是仄起仄收式,凡用仄韵的长调,如果是此种句式,其六言必为仄起仄收。第三组第一句七言是平起仄收律句,下句作三、四读,与〔暗香〕第三组的无别。过拍组的七言亦为三、四读,因非用韵,故其式与上句相反,即上句为仄收此为平收。其六言是仄起仄收改变第三、第五两字,成为"仄仄仄平平仄"式并规定是此调过拍、收拍的相对固定形式。

换开"六,五,四"的句组,是长调最一般的,与用仄韵的更相同。六言是仄起仄收式与〔意难忘〕的平起平收式,同为长调用在换头的六言最普遍的形式。其五言是一、四读,连下成为一联相对的四言,前者仄收,后者平收,因后句用仄韵,故末一字必改仄。此为一切用仄韵的长调,改变此种句组末句末字的通例。有的词人因此改末句为仄收以符合用仄韵的要求。〔暗香〕换头第三句,张玉田不同于白石,就是此故。玉田此调也有仄收的。

(三)词例——周草窗、姜白石各一调

(1)周词:

冰条冻叶、又、横斜照水,一花初发。素壁秋屏,招得芳魂,仿佛玉容明灭。疏疏满地珊瑚冷,全误却、扑花幽睫。甚美人、忽到窗前,镜里好春难折。　闲想孤山旧事,浸、清漪倒影,千树残雪。暗里东风,可惯无情,搅碎一帘香月。轻妆谁写崔徽面,认隐约、烟绡重叠。记梦回、低帐残灯,瘦倚数枝清绝。

(2)姜词:

苔枝缀玉,有、翠禽小小,枝头同宿。客里相逢,篱角黄昏,无言自倚修竹(改作上二平下四仄式,下片则不改)。昭君不惯胡沙远,但暗忆江南江北。想珮环、月夜归来,化作此花幽独。　犹记深宫旧事,那人正睡里(改作略变的律句亦即末三仄古句),飞近蛾绿。莫似春风,不管盈盈,早与安排金屋。还教一片随波去,又却怨、玉龙哀曲。等恁时、重觅幽香,已入小窗横幅。

注:玉田此调换头组末句改仄收:"留仙裙摺。"又换头第二句本是一、四读的五言,白石改作末三仄的古句,其实改作如"感时花溅泪"的"仄平平仄仄"的平起仄收式律句才合,因此句四读是平起仄收,第三字必须平故也。

75.念奴娇——又名百字令、壶中天慢,一百字,共八仄韵。

(一)词调的句组——共八个

"四,五,四"。"七,六"。"四,四,五"。"四,六"。 "六,四,五"。下三组均同上片。

(二)句组的分析:

开头的"四,五,四"句组与上二调无异,只首句不起韵而已。第二组的七言、六言均是仄起仄收式。第三组亦是长调很普遍的句式。一联四言是相对式,前者仄起,后者平起,五言亦为仄起仄收律句。过拍组的四言是仄收,六言是上二平下四仄式改变第三、五两字而成为"平平平仄平仄"式,〔摸鱼儿〕上下片第三句六言,均是此式。

换头"六,四,五"句组的形式,在长调中亦很多,但用在换头处则较少。六言作平起平收或上四仄下二平均可。其四言为仄收,五言为仄起仄收律句。

(三)词例——辛稼轩、苏东坡各一调

(1)辛词:

野塘花落,又、匆匆过了,清明时节。划地东风欺客梦,一枕银屏寒怯。曲岸持觞,垂杨系马,此地曾经别。楼空人去,旧游飞燕能说。 闻道绮陌东头,行人长见,帘底纤纤月。旧恨春江流不尽,新恨云山千叠。料得明朝,尊前重见,镜里花难折。也应惊问,近来多少华发?

(2)苏词：

<u>大江东去浪声沉</u>，<u>千古风流人物</u>。故垒西边人道是：三国孙吴赤壁。乱石崩云，惊涛掠岸，卷起千堆雪。江山如画，一时多少豪杰。　　遥想公瑾当年，<u>小乔初嫁了</u>，<u>雄姿英发</u>。羽扇纶巾谈笑处，樯橹灰飞烟灭，故国神游，多情应是，笑我生华发。人生如寄，一尊还酹江月。

注：此调开头句组是"四，五，四"式，东坡把它变作"七，六"式。换头本是"六，四，五"式，东坡把它变作"六，五，四"式。

76.双双燕——九十八字，共十一仄韵。

(一)词调的句组——共八个

"四，五，四"。"四，六"。"六，七"。"六，六"。　　"六，五，四"。以下三组均与上片同。

(二)句组的分析：

开头组与〔喜迁莺〕全同，与〔念奴娇〕稍异。所谓稍异，即五言一、四读的四是平收而已。第二组的四言是仄收，六言是仄起仄收。第三组的六言与上句同，其七言是三、四读，四读的也是仄收。过拍组一联六言是相对式，前者平起，后者仄起。如为平韵调则与之相反。

换头"六，五，四"句组，与用仄韵的相同，但首句起韵并第二字用句中韵。其五言的一、四读连下成为一联相对四言，前者平收，后者仄收，此与张玉田〔暗香〕换头组末二句同,因符合仄韵要求,不用变更句式而避免了末句成为拗句。

(三)词例——史梅溪一调

过春社了,度、帘幕中间,去年尘冷。差池欲往,试入旧巢相并。还相雕梁藻井,又软语、商量不定。飘然轻拂花梢,翠尾分开红影。　　芳径芹泥雨润,爱贴地争飞,竞夸轻俊。红楼归晚,看足柳昏花暝。应是栖香正稳,便忘了、天涯芳信。愁损翠黛双蛾("损"字背律,看过拍,这一字是平声的"然"便知),日日画阑独凭。

77.满江红——九十三字,共九仄韵。

(一)词调的句组——共八个

"四,三,四"。"三,四,四"。"七,七"。"八,三"。　　"三,三;三,三"。"五,四"。"七,七"。"八,三"。

(二)句组的分析:

开头组首句四言为平收式,末句四言为仄收。中间的三言是"平平仄"式,除末字必仄外可灵活。末字必仄已是定式,故独立成句。第二组"三,四,四"式与〔贺新郎〕开头换头第二组的"三,四,四"式一样。三言是冒着下面一联四言,其二句四言均为平起式。第三组一联七言,前者仄起仄收,后者是平起仄收律句。过拍组的八言作一、七读,其七读的为平起平收律句,但可断作三、五读;三言必须作"平平仄"式。换头组四句三言,可分作两小组,末句必须与过拍的同式,其余可灵活,但末一字必须仄声。第二组的五言作一、四读,四读的连下成为一联同式即仄收式的四言。以下二组均与上片无异。

(三)词例——程正伯一调

门掩垂杨,宝香度,翠帘重叠。春寒在,罗衣初试,素肌犹怯。薄雾笼花天欲暮,小风送角声初咽。但、独搴幽幌悄无言,伤初别。　　衣上雨,眉间月;滴不尽,颦空切。羡、栖梁归燕,入帘双蝶。愁绪多于花絮乱,柔肠过似丁香结。问、甚时重理锦囊书,从头说。

78. 南浦——一百零二字,共八平韵。

(一)词调的句组——共八个

"四,三,五"。"六,五"。"六,三,五"。"五,四,五"。　　"六,三,五"。二、三组与上片同。末组是"五,七"。

(二)句组的分析:

此调开头组的"四,三,五"式句组,其三、五二句,似是三、五读的八言句,故又有缩为"四、八"句式的。但其八言必须作三、五断句,因此调的第七音节必须略顿。这不同于〔八声甘州〕首句必须一、七读也。其四言是仄收式,三言是"仄平平"式,五言是仄起平收律句。至于"六,三,五"式的两组的六言,均为仄起仄收式。其三、五两句与开头组同。不过这两个组可缩为"六,八"式,其八言亦可作一、七读,但仍以作三、五断句为正格。又这三言的句式不得改变,这是不同于三、四读的三,必须注意。第二组的六言,包括全调的六言均为仄起仄收式。其五言除收拍、过拍组首句外,包括全调的五言,亦均为仄起平收律句。过拍组首句五言是一、四读,四读的连下成为一联同式即同为仄收的四言。收拍组的五言与过拍首句同。七言为平起平收律句。

(三)词例——鲁逸仲一调

风悲画角,听单于、三弄落谯门。投宿骎骎征骑,飞雪满孤村。酒市渐阑灯火,正、敲窗乱叶舞纷纷。送数声惊雁,乍离烟水,嘹唳度寒云。　　好在半笼淡月,到如今,无处不消魂。故国梅花归梦,愁损绿罗裙。为问暗香闲艳,也、相思万点付啼痕。算、翠屏应是,两眉余恨倚黄昏。

79.花心动——一百零四字,共九仄韵。

(一)词调的句组——共八个

"四,三,六"。"四,四,六"。"七,七"。"三,四,四"。　　"六,五,四"。二、三组与上片同。末组是"三,六"。

(二)句组的分析:

开头组的四言为平收式,三言为"仄平平"式,六言由上四平下二仄式改三、五两字成为"平平仄平平仄"

式,这与〔齐天乐〕第二句同式。第二组的四言同为平收式(本来"四,四,六"式句组的一联四言以相对为正格,此为变格),其六言则为仄起仄收式。第三组二句七言,前者为仄起仄收律句,后者作三、四读,三读的可灵活。凡可灵活的才算得是三、四读的七言,否则就可断作两句。四读的是仄收式。过拍组的三言以"平平仄"式为基本,二句四言同为仄收式。

换头组为长调常见的"六,五,四"式,此谓首句用韵,五言例作一、四读,四读的连下成为一联相对即前者平收后者仄收的四言。这个句组形式与〔双双燕〕相同,但与〔齐天乐〕前仄收后平收的不同,因此末字符合仄韵要求而不用改动,〔齐天乐〕则否,必把末字改仄。其实亦可改为平起仄收,以适应仄韵要求。高竹屋的〔齐天乐〕便是如此。收拍组本与过拍同式,只是把一联四言改作一句六言,使其不致与过拍雷同。这收拍比过拍少二字,是长调改变的常例。其六言作"平平仄平仄仄"式,可见即使第五字改平,也是由上四平下二仄式转化而来的铁证。

(三)词例——张仲举(翥)一调

花信风寒,绮窗深,匆匆禁烟时节。燕子乍来,宿雨才晴,满树海棠如雪。黛眉准拟明朝画,灯花剪、妆奁双叠。负佳约,鹊还误报,燕应羞说。　　宝镜将圆又缺,从涩尽银簧,怕吹呜咽。一霎梦魂,也唤相逢,依黯断云残月。古来多少春闺怨,看薄命、无人如妾。软绡帕,凭谁寄将泪血。

80.琐窗寒——九十九字,共九仄韵。

(一)词调的句组——共八个

"四,四,四"。"四,六"。"七,七"。"五,四,四"。 "五,五,四"。二、三两组与上片同。末组是"三,四,五"。

(二)句组的分析:

开头组三句四言,前者平收,后二者仄收。上二句为相对式。不过此种"四,四,四"式句组,以中间一句仄收,前后二句平收为基本式,因末句是韵位,故仄韵调又必得把末一字改仄,如〔永遇乐〕。第二组的四言与上句同式,六言为仄起仄收。第三组首句七言是三、四读,四读为平起仄收,末句为平起仄收七言律句。过拍组首句五言为一、四读,四读的连下成了三句仄收的四言。

换头组首句五言是仄起仄收律句,并且用韵。其第二字又用句中韵。次句五言是一、四读,四读的连下成了一联相对式的四言,前者平收后者仄收。收拍组三言为"仄平平"式,四言平收,五言为仄起仄收律句。又长调连用三句四言开头的很多,如〔雨霖铃〕、〔永遇乐〕、〔沁园春〕、〔绕佛阁〕、〔惜红衣〕、〔石州慢〕、〔陌上花〕等等,换头的"五,五,四"式的句组,也不在少数,如〔暗香〕、〔兰陵王〕、〔忆旧游〕、〔月下笛〕、〔扫地花〕等等。

(三)词例——周美成一调

暗柳啼鸦,单衣伫立,小帘朱户。桐花半亩,静锁一庭愁雨。洒空阶、更阑未休,故人剪烛西窗语。似、楚江暝宿,风灯零乱,少年羁旅。　　迟暮嬉游处,正、店舍无烟,禁城百五。旗亭唤酒,付与高阳俦侣。想东园、桃李自春,小唇秀靥今在否(此句与上片的相同,"在"字拗)?到归时,定有繁英,待客携尊俎。

注:"更阑未休","休"字拗。玉田作"旧时归燕"。

81.永遇乐——又名消息,一百零四字,共八仄韵。

(一)词调的句组——共八个

"四,四,四"。"四,四,五"。"四,四,六"。"七,六"。　　"四,四,六"。二、三两组与上片同,末组是"七,四"。

(二)句组的分析:

开头组前两句与上一调全同,即是均为相对式,而且同为上一句平收下一句仄收。最后一句为平收,合而言之,是前后二句为平收,中间一句为仄收,此为"四,四,四"句组的基本式。如果后句作平收式则末一字必须改仄,因第三句是韵位而又用仄韵之故。第二组的两句四言,与首二句同式,其五言为仄起仄收律句。第三组两句四言同为仄收式,六言为仄起仄收式。过拍组的七言为三、四读,三可灵活,四则为仄收,其六言为仄起仄收式,但可灵活运用。

换头组与上片"四,四,六"式句组全同。收拍七言同过拍一样,四言为仄收式。此调收拍也比过拍少二字,也是变的常例。又"四,四,四"这种句式的后句四言既为平收,故仄韵调必得改末一字为仄,平韵调则恰恰与韵相协。此谓陈允平是用平韵,此句是:"莺调新簧",是"仄仄平平",可见凡是"仄仄平仄"句式,都由此式因用仄韵而改末一字的证明。有的词人为避免用拗式,索性把此句改作平起仄收,如张元幹此调便是,其句云:"凉飙天际。"

(三)词例——苏东坡一调

明月如霜,好风如水,清景无限。曲港跳鱼,圆荷泻露,寂寞无人见。紞如三鼓,铿然一叶,黯黯梦魂惊断。夜茫茫,重寻无处,觉来小园行遍。　　天涯倦客,山中归路,望断故国心眼。燕子楼空,佳人何在?空锁楼中燕。古今如梦,何曾梦觉,但有旧欢新怨。异时对、黄楼夜景,为予浩叹。

82.雨霖铃——一百零三字,共九仄韵。

(一)词调的句组——共八个

"四,四,四"。"六,四,四"。"六,五"。"七,七"。　"七,八"。"六,七"。"四,八"。"七,五"。

(二)句组的分析:

此调上下片的句组全异,各个句子的句法句式,亦是变化多彩,甚少全同。足见柳永创调之才高。

开头组三句四言,前二句同为仄收式,但第二句是特别的,二三两字必须连读(这是柳开创的四言句式),首句末字只与韵偶合,并非韵位,切莫误认首句用韵,因此种连三句四言成组的,除末句用韵外,其余皆不许。第三句是平收式,因用仄韵必得改末字为仄声,这与上一调相同。第二组的六言为上二平下四仄式,后二句四言同为仄收式。第三组的六言为仄起仄收基本式,五言为一、四读,四读是平收式,也因用仄韵必得改变末字。过拍组上句七言为三、四读,三可灵活,四则为平收。下句为二、四同平的古句。换头组七言为平起仄收律句,其八言为三、五读,三为"仄平平"式,五为仄起仄收律句。此句八言又可作一、七读。第二组的六言与上片次组的同式,其七言为三、四读,三可灵活,四为仄收式。第三组的四言为平收,八言则为二、六读,这是八言句最特别的句子,除此调外找不到第二句。二读的是冒头必仄,六读的为六言句式——上二平下四仄式。必须注意后六字如非六言句式,则不得作二、六读。收拍组上句七言与过拍的同式,其五言则为仄起仄收律句。比过拍亦减二字。

(三)词例——柳耆卿(永)一调

寒蝉凄切,对长亭晚,骤雨初歇。都门帐饮无绪,方留恋处,兰舟催发。执手相看泪眼,竟、无语凝咽。念去去、千里烟波,暮霭沉沉楚天阔。　多情自古伤离别,更那堪、冷落清秋节。今宵酒醒何处,杨柳岸、晓风残月。此去经年,应是、良辰好景虚设。便纵有、千种风情,更与何人说?

83.沁园春——一百十四字,共九平韵。

(一)词调的句组——共八个

"四,四,四"。"五,四,四,四"。"四,四,七"。"三,五,四"。　"六,八"。下同。

(二)句组的分析:

开头组三句四言均为平收式。第二组首句五言为一、四读,一是冒头,实际冒着下面四句四言,前三句均为仄收,末句平收。第三组的一联四言是相对式,前者平收,后者仄收。七言为仄起平收律句。过拍组的三言为"平平仄"式,五言是一、四读,四读连下为一联相对式四言,前仄收,后平收。

换头组六言为平起平收用韵,八言为三、五读,三可灵活,五则为平起平收律句。又此句八言亦可作一、七读。

(三)词例——陆放翁一调

一别秦楼,转眼新春,又近放灯。忆、盈盈倩笑,纤纤柔握,雪香花语,玉暖酥凝。念远愁肠,伤春病思,自怪平生殊未曾。君知否,渐、香消蜀锦,泪渍吴绫。　　难求系日长绳,况、倦客飘零少旧朋。但、江郊雁起,渔村笛远;寒釭委烬,孤砚生冰。水绕山围,烟昏云惨,纵有高台常怯登。消魂处,是、鱼笺不到,兰梦无凭。

84.满庭芳——即满庭霜,又名锁阳台,九十五字,共八平韵。

(一)词调的句组——共八个

"四,四,六"。"四,五"。"六,七"。"三,四,五"。"五,四,四"。"五,四"。以下二组与上片同。

(二)句组的分析:

开头组的二句四言是相对式,前者平收,后者仄收,这是"四,四,六"句组的四言基本句式。其六言则为平起平收,也可变通,但末二字必平。第二组的四言为平起,五言是仄起平收律句。第三组的六言为仄起仄收式,七言是三、四读,四读的为平收。过拍组的三言为"平平仄"式,四言为仄收,五言为仄起平收律句。

换头组的五言为平起仄收律句,有的在第二字用句中韵。下面是一联相对式四言,前仄收后平收。第二组的五言为一、四读。四读的连下为一联相对四言,也同上组同式。

(三)词例——秦少游(观)一调

山抹微云,天黏衰草,画角声断谯门。暂停征棹,聊共引离尊。多少蓬莱旧事,空回首,烟霭纷纷。斜阳外,寒鸦数点,流水绕孤村。　　消魂当此际,香囊暗解,罗带轻分。谩、赢得青楼,薄倖名存(因引用"赢得青楼薄倖名"入词,故把前句四读的改作平收)。此去何时见也?襟袖上,空染啼痕。伤情处,高楼望断,灯火已黄昏。

85.高阳台——一百字,共八平韵。

(一)词调的句组——共八个

"四,四,六"。"四,六"。"七,七"。"三,四,四"。　　"七,五,四"。以下三组同上片。

(二)句组的分析:

开头组与上一调全同,而且这种句组为用平韵的基本形式。第二组的四言为平收,六言与上组同为平起平收式。第三组二句七言,前者为平起仄收律句,后者为三、四读,三是"仄平平"式,四是平收。过拍组的三言也是"仄平平"式,一联四言同为平收式,这个句组亦为过收拍所常见,一般为相对式,此则同式。因为同式,则两句连韵或叠韵也无问题。

换头组的七言为平起仄收,五言的四读连下为一联相对式四言,前仄收后平收。

(三)词例——张玉田一调(此词过收拍的三言多用一韵)

接叶巢莺,平波卷翠,断桥斜日归船。能几番游,看花又是明年。东风且伴蔷薇住,到蔷薇、春已堪怜。更凄然,万绿西泠,一抹荒烟。 当年燕子知何处,但苔深韦曲,草暗斜川。见说新愁,如今也到鸥边。无心再续笙歌梦,掩重门,浅醉闲眠。莫开帘,怕见飞花,怕听啼鹃。

86.凤凰台上忆吹箫——九十五字,共八平韵。

(一)词调的句组——共八个

"四,四,六"。"五,四"。"六,三,四"。"三,四,四"。 "六,五,四"。以下三组同上片。

(二)句组的分析:

开头组与上二调全同。第二组的五言为一、四读,四读的连下句四言为相对式,前仄收后平收。第三组的六言为仄起仄收,三言可灵活,四言亦为平收。过拍组形式与上一调相同,但三言必为"平平仄"式,一联四言为相对式,前仄收后平收。与〔意难忘〕同为基本式。

换头组的六言为仄起仄收,但可变通,只末二字必仄。其"五,四"与上一调换头的无异。

(三)词例——李清照一调

香冷金猊,被翻红浪,起来慵自梳头。任宝奁尘满,日上帘钩。生怕离怀别苦,多少事,欲说还休。新来瘦,非干病酒,不是悲秋。 休休这回去也,千万遍阳关,也则难留。念、武陵人远,烟锁秦楼。惟有楼前流水,应念我,终日凝眸。凝眸处,从今又添,一段新愁。

注:此词换头"休休"二字,只是偶合并非用韵。如果用韵,就与前面"欲说还休"一韵相重。然而万树《词律》硬说此处必须用韵,又误解"休休"的意义,陈兰甫早已指出其非。又查宋元人此调,并无在此处用韵者,何况换头的六言,本作仄起仄收式,怎么能用上一个平韵呢!此词收拍前一句"从今又添"的"添"字是拗字,因此两句四言是相对式,前仄收后平收。则此句末一字必须用仄可知。大概李清照是因意境关系,不得已而改变吧。不得因此词而误认此字必平。

附录:张雨一调

桂影团团,小山丛底,今年特地收香。早、阵风阵雨,频掩西窗。一蒻辟寒金碎,甚教人,长想容光。凄凉夜,香篝撤去,孤负华堂。　金菊芙蓉尽看,怕、换叶移根,多少思量。纵、素娥老去,肯便相忘。怪得探芳秋蝶,向翠阴、深处回翔。非迟暮,一枝折得,留待仙郎。

87. 绮罗香——一百零四字,共八仄韵。

(一)词调的句组——共八个

"四,四,六"。"四,六"。"七,七"。"七,七"。　"六,六,四"。二、三组均与上片同。末组是"七,五"。

(二)句组的分析:

此调上片一、二、三组,均同于〔高阳台〕句组形式,只因此调用仄韵,故开头的六言必为仄起仄收。用平韵则必为平起平收式,绝无例外。次组的句组也同,六言因用仄韵而与之相反,即仄起仄收式,四言则同为平收。第三组也是二句七言,但此调的可断作三言四言两句,三言句可灵活,四言则前后句相对,前平收后仄收。过拍组上句七言是三、四读,四读的是平收,下句为平起仄收律句改第五字而成为"平平仄仄仄平仄"式,而且固定下来不得更改。与〔齐天乐〕过拍句相同。换头组首句六言是上二平下四仄式,一般只把第三字改变,一如〔齐天乐〕的换头是"平平平仄仄仄"式,不过〔齐天乐〕此句可随意灵活运用,而此调则较固定而已。次句六言是仄起仄收,四言亦为仄收式。收拍组的七言为三、四读,四读的为平收,五言则是平起仄收式,并与〔齐天乐〕收拍无异。

(三)词例——张仲举一调

燕子梁深,秋千院落,半湿垂杨烟缕。怯试春衫,长恨踏青期阻。梅子后,余润犹寒,藕花外,嫩凉消暑。渐惊他、秋老梧桐,萧萧金井断蛩暮。　　薰篝须待被暖,催雪新词未稳,重寻笙谱。水阁云窗,总是惯曾听处。曾信是、客里关河,又怎禁、夜深风雨。一声声、滴在疏篷,做成情味苦。

88.苏武慢——一百一十一字,共八仄韵。

(一)词调的句组——共八个

"四,四,六"。"四,四,六"。"四,四,六"。"七,六"。　　"三，四，四，六"。二、三组与上片同。末组是"七，四"。

（二）句组的分析：

此调一连三组"四，四，六"句式，均与上一调〔绮罗香〕全同。只是第二组的一联四言与前组相反，以及第三组的六言改作上四平下二仄而已。不过这种句组的六言，总以仄起仄收为正（指仄韵调），但亦可改一联四言同为平收式而六言仍是仄起仄收。这是要避免三组完全雷同，使不致呆板的缘故。其实凡有两联这种句组，其第二组的一联四言，均可改为同式，但仄韵调只许改作同为平收。平韵调只许改作同为仄收。过拍组的七言为三、四读，四读的为平收，六言则仍与开头的一样。

换头组只多了一句可灵活的三言。除此三言则仍是三组相同的句式。收拍组的七言与过拍的无异，只是收拍句减二字作仄收的四言。又上下片第三句组的六言可减头两字，就成为"四，四，四"句式。过拍的"七，六"式亦可作"五，四，四"式，收拍的"七，四"式亦可作"五，六"式，收拍不减二字亦可。

（三）词例——蔡伸一调

雁落平沙，烟笼寒水，古垒鸣笳声断。青山隐隐，败叶萧萧，天际暝鸦零乱。楼上黄昏，片帆千里，归程年华将晚。望碧云、空慕佳人，何处梦魂俱远。　　忆旧游，邃馆朱扉,小园香径,尚想桃花人面。书盈锦轴,恨满金徽,难写寸心幽怨。两地离愁,一尊芳酒,凄凉危阑倚遍。尽迟留、凭仗西风,吹干泪眼。

89.木兰花慢——一百零二字,共九平韵。

(一)词调的句组——共八个

"五,三,三"。"五,四,四"。"六,八"。"六,六"。 "六,三,三"或作"七,五"。以下三组俱同上片。

(二)句组的分析:

此调首句五言作一、四读或平起仄收律句均可。一联三言前者为"平平仄"式,后者为"仄平平"式;前者除末字外可变,后者必须遵守。第二组的五言是一、四读,连下成了三句四言,中间的仄收,上下均是平收。第三组的六言为上四平下二仄式,八言为一、七读,七是平起平收律句。过拍组是一联相对的六言。此种句组在词调中常见,不论用在开头、换头或过拍、收拍,其用平韵的上句为仄起仄收,下句为平起平收。用仄韵者反之。前者如〔风入松〕,后者如〔双双燕〕。

换头组如用"六,三,三"式,其六言必为平起平收,第二字又多用句中韵。一联三言是相对式,即"平仄仄,仄平平"式。如用"七,五"句式,其七言为平起平收,五言为仄起平收律句。柳永创此调,其换头均为"六,三,三"式且多用句中韵。

(三)词例——柳耆卿、辛稼轩各一调

(1)柳词：

拆、桐花烂熳,乍疏雨,洗清明。正焰杏烧林,细桃绣野,芳景如屏。倾城尽寻胜去,骤、雕鞍绀幰出郊坰。风暖繁弦翠管,万家竞奏新声。　盈盈斗草踏青,人艳冶,递逢迎。向、路旁往往,遗簪堕珥,珠翠纵横。欢情对佳丽地,信、金罍罄竭玉山倾。拼却明朝永日,画堂一枕春酲。

(2)辛词：

可怜今夕月,向何处,去悠悠。是别有人间,那边才见,光景东头。是天外空汗漫,但、长风浩浩送中秋。飞镜无根谁系,嫦娥不嫁谁留？　谓经海底问无由,恍惚使人愁。怕、万里长鲸,纵横触破,玉殿琼楼。虾蟆固堪浴水,问云何玉兔解沉浮。若道都齐无恙,云何渐渐如钩？

90.醉蓬莱——九十七字,共八仄韵。

(一)词调的句组——共八个

"五,四,四"。"四,五"。"四,四,五"。"四,四,四"。　"四,四,四,四"。以下三组与上片同。

(二)句组的分析：

开头组的五言作一、四读,四读的连下成为三句四言。其句式与上一调第二组相反,即中为平收,前后均为仄收。这是因此调用仄韵之故。第二组的四言为平收,其五言的四读为仄收。第三组的一联四言前者平收后者仄收。五言与上组同。过拍组三句四言,前者平收,后二者仄收。

换头组是两联同样相对的四言,每联均是前平收后仄收。

(三)词例——吕渭老一调

任、落梅铺缀,雁齿斜桥,裙腰芳草,闲伴游丝,过、晓园亭沼。厮近清明,雨晴风软,称、少年寻讨。碧缕墙头,红云水面,柳堤花岛。　　谁信而今,怕愁憎酒,对着花枝,自疏歌笑。莺语丁宁,问、甚时重到。梦笔题诗,钯罗封泪,向、凤箫人道。处处伤怀,年年远念,惜春人老。

91.忆旧游——一百零二字,共八平韵。

(一)词调的句组——共八个

"五,四,四"。"五,五,四"。"六,五"。"五,四,四"。　　"五,五,四"。二、三组与上片同。末组是"五,七"。

(二)句组的分析:

开头组与上一调同是"五,四,四"式,前句的四读为仄收,后二句同为平收。这后一句与上一调相反是因为用平韵。第二组前一句五言是仄起仄收律句,后者是

一、四读,四读的连下为一联相对四言,前仄收后平收。第三组的六言是上二平下四仄式,五言是仄起平收律句。过拍组与开头组同式,只是前二句与之相反,即前者四读为平收,后为仄收,末句则全同。换头组与上片次组同式。收拍组只把过拍组二句四言变作七言古句(四、六同仄)。其五言则全同。

(三)词例——张玉田一调

记、琼筵卜夜,锦槛移春,同恼莺娇。暗水流花径,正、无风院落,银烛迟销。闹枝浅压鬖鬖,香脸泛红潮。甚如此游情,还将乐事,轻趁冰绡。　　飘零又成梦(改作古句),但、长歌衮衮,柳色迢迢。一叶江心冷,望、美人不见,隔浦难招。认得旧时鸥鹭,重过月明桥。溯、万里天风,清声谩忆何处箫。

92.渡江云——一百零一字,共七平韵通转同部一仄韵。

(一)词调的句组——共八个

"五,四,五"。"五,四,五"。"四,七"。"七,五"。　"六,四,五""七,四"。"七,七"。"三,六"。

(二)句组的分析:

此调开头两个句组同式,两组五言句法全同,即上句同为平起仄收,末句同为仄起平收律句。只中间四言相反即前组的平起后组仄起而已。第三组的四言是仄收,七言作四读的是平收。过拍组的七言四读与前句相反,五言为仄起平收律句。换头句组与〔念奴娇〕同式,句法则相反,即六言为上四平下二仄式,四言是平收五言是一、四读,四是仄收并通转同部仄韵,仍用句中韵。第二组的七言与过拍的同,四读连下为一联相对四言,前仄收后平收。第三组上句七言为平起仄收律句,下句的四读为平收。收拍组首句为"平仄仄"式三言,末句为平起平收式的六言。

(三)词例——周美成一调

晴岚低楚甸,暖回雁翼,阵势起平沙。骤惊春在眼,借问何时,委曲到山家。远香晕色,盛粉饰、争作妍华。千万丝、陌头杨柳,渐渐可藏鸦。　　堪嗟清江东注,画舸西流,指长安日下。愁宴阑、风翻旗尾,潮溅乌纱。今宵正对初弦月,傍水驿、深舣蒹葭。沉恨处,但时时频剔灯花("但"字趂)。

93. 眉妩——又名百宜娇,一百零三字,共十一仄韵。

(一)词调的句组——共八个

"五,四,五"。"五,三,六"。"四,七"。"三,五,五"。　　"六,五,四"。二、三组均与上片同。末组是"五,六"。

(二)句组的分析:

开头组五言的四读连下是一联相对四言,前仄收后平收,末句五言为仄起仄收律句并把第三字改仄成为"仄仄仄平仄"式,而且固定不得更改。第二组的五言是仄起仄收律句,三言为"平平仄"式,六言为上二平下四仄式。第三组的四言是仄收用韵,七言的四读为平收式,但因用韵改末字为仄。照〔解连环〕的分析,也可变作平起仄收以应仄韵。过拍组的三言与第二组同,两句五言前者是仄起仄收律句,后者是二、四同平声古句。换头组的六言是仄起仄收式并用韵。五言的四读连下成为一联相对句式的四言,下句亦因用仄韵而把平收的末字改变。因而成了"仄仄平仄"式的四言特别句子。由四言句法:凡平起必仄收凡、仄起必平收来分析,可以证明此种句式绝对是由"仄仄平平"式因用韵关系而改变过来。照前面所举例证,此句亦可改为平起仄收以适应仄韵。收拍组五言的四读为平收,六言是仄起仄收式。

（三）词例——王碧山(沂孙)一调

渐、新痕悬柳,澹影疏花,依约破初暝。便有团团意,深深拜,相逢谁在香径？画眉未稳,料素娥、犹带离恨。最堪爱,一曲银钩小,宝帘挂秋冷。　　千古盈亏休问,叹谩磨玉斧,难补金镜。太液池犹在,凄凉处,何人重赋清景？故山夜永,试待它、窥户端正。看、云外山河,还老桂花旧影。

94.曲游春——一百零三字,共十一仄韵。

(一)词调的句组——共八个

"五,五,四"。"四,五,四"。"五,七"。"七,六"。 "六,五,四"。二、三组与上片同。末组是"七,四"。

(二)句组的分析:

开头组上句五言为仄起仄收律句,下句的四读连下成为一联相对式四言,前仄收后平收。后句亦因用仄韵改变末字。第二组中间一句五言的四读连下成为一联同仄收的四言。此组本与仄韵调开头"四,五,四"同式,只第一句四言是平收而已。第三组的五言为仄起仄收律句并用韵,七言的四读为仄收式。过拍组七言的四读为平收,其三读的末字必平。六言是仄起仄收式。换头组的六言亦为仄起仄收用韵并用句中韵。五言的四读连下为一联平收的四言,末句亦因用仄韵而改末字。收拍组上句与过拍同,下句把过拍的六言减二字,变作仄收的四言。

(三)词例——施岳一调

画舸西泠路,占、柳阴花影,芳意如织。小楫冲波,度、曲尘扇底,粉香箫隙。岸转斜阳隔,又过尽、别船帘笛。傍断桥、翠绕红围,相对半篙晴色。　　顷刻千山暮碧,向、沽酒楼前,犹系金勒。乘月归来,正、梨花夜缟,海棠烟幂。院宇明寒食,醉乍醒、一庭春寂。任满身、露湿东风,欲眠不得。

95.瑞鹤仙——一百零二字,共十二仄韵。

(一)词调的句组——共八个

"五,五,四"。"五,五,四"。"四,七"。"七,六"。 "六,四,四"。"四,三,三"。"五,四,六"。"七,四"。

(二)句组的分析:

此调除开头两个句组相同外,两片都没有相同的了。这与柳永的〔雨霖铃〕一调一样。不过此调各种单句则是相同的多,故没有〔雨霖铃〕那么综错。而且七言全是三、四读的,五言除用韵两句外,也都是一、四读的。那么算起来,过半数以上是四言,故句组虽只有一个相同,而句法却甚简单。

开头一组的第一句五言,是平起仄收律句,第二句是一、四读,四读连下成了一联相对式的四言,前者平收后者仄收。第二组第一句五言是二、四同平古句,第二句是一、四读。连下是两句同平仄的四言。第三组的七言是三、四读,三读可灵活,四读为仄收。过拍的七言虽与上句同作三、四读,但这个三读是有定式即必须作"仄平平"式,故可断作三言四言二句,作四读的是平收,与收拍的七言全同。其六言则是仄起仄收式。

换头句组的六言与过拍的同,第二字用句中韵,两句四言是相对式,与开头二、三两句全同。第二组的两句三言,前一句第一字必平第三字必仄。后一句则必为"仄平仄"式,第三组的"五,四"与上片第二组全同,其六言则与过拍无异。收拍的七言与过拍的一样,四言是仄收,即把过拍的六言减去二字,此为长调的普遍现象。

(三)词例——陈西麓(允平)一调

燕归帘半卷,正、漏约琼签,管调玉瑱。蛾眉画来浅,甚、春衫懒试,夜灯慵剪。香温梦暖,诉芳心、芭蕉未展。眇双波,望极江空,二十四桥凭遍。　　葱蒨银屏彩凤,雾帐金蝉,旧家坊院。烟花弄晚,芳草恨,断魂远。对、东风无语,绿阴深处,时见飞红数片。算多情,尚有黄鹂,向人睍睆。

96.水调歌头——九十五字。

(一)词调的句组——共八个

"五,五"。"四,七"。"六,六,五"。"五,五"。　　"三,三,三"。以下同上片。

(二)句组的分析:

开头组二句五言,前仄起仄收,后仄起平收,但首句可变通。第二组的四言为仄收,七言为平起平收律句。又可变作"六,五"式;五言必为仄起平收律句,六言本应作平起平收式,但多变作上二平下四仄式(此是效东坡的句式)。第三组一联六言均为仄起仄收式,五言为仄起平收律句。过拍一联五言与首联无异,但不得改变。换头三句三言,上句可灵活,中句末字必仄,下句必须"仄平平"式。

(三)词例——贺方回、苏东坡各一调(方回是正格,苏则变格),附旧作一首

(1)贺词:

南国本潇洒,六代浸豪奢。台城游冶,擘笺能赋属宫娃。云观登临清夏,碧月流连长夜,吟醉送年华。回首飞鸳瓦,只羡井中蛙。　　访乌衣,寻白社,不容车。旧时王谢,堂前双燕入谁家。楼外河横斗挂,淮上潮平霜下,樯影落寒沙。商女蓬窗罅,犹唱后庭花。

注:按方回此词,在不规定用韵的句子除换头句外,均通押同部仄韵,是其创格,后无继者。吾郊填一阕录后。

(2)苏词:

明月几时有,把酒问青天。不知天上宫阙,今夕是何年。我欲乘风归去,又恐琼楼玉宇,高处不胜寒。起舞弄清影,何似在人间。　　转朱阁,低绮户,照无眠。不应有恨,何事偏向别时圆("事"字拗)。人有悲欢离合,月有阴晴圆缺,此事古难全。但愿人长久,千里共婵娟。

注:此词上下片一联六言,其末字同韵(上片"去"、"宇"二字,下片"合"、"缺"二字),不知是否偶合,后人谓此是又一体,实无必要。

附录旧作效方回格(比他多一同部仄韵,即换头句

亦用仄韵）

体若临风柳,更皓齿明眸。嫣然搔首,令人斗觉一生休。初是灵犀通透,继似鸳禽匹偶,十载共绸缪。忽拒长相守,珠泪背人流。　　情海吼,狂澜骤,早回头。惩前毖后,庶几脱却此烦忧。寄迹园林山岫,寄意琴棋诗酒,消遣日悠悠。为问情场友,何事苦痴留。

97.贺新郎——又名金缕曲、乳燕飞,一百十六字,共十二仄韵。

(一)词调的句组——共十个

"五"。"三,四,四"。"七,六,七"。"七,八"。"三,三"。　　"七"。以下四句组全同上片。

(二)句组的分析：

此调除开头五言独立组与换头七言独立组相异外,其余上下片均同。首句是单独的仄起仄收五言律句并用韵。次组的三言为"仄平平"式不得改变,又必须单独为句不得连下作七言读。因凡定式的三言必须断句。而且此调此组的三言是总冒下面一联同式四言,必得留意。一联四言均为仄收式。第三组首句七言是仄起仄收律句,有改作连四平的古句。末句是三、四读,四读的为仄收,中间的六言是仄起仄收式。第四组的七言亦为仄起仄收律句,八言为一、七读,一是冒头必仄,七是平起仄收律句,如果作三、五读,则三言必须有完足意义,否则不可,而且第三字必须平。这在句法一章已说得很清楚。过拍一联三言为"平仄仄"与"平平仄"式,上句可灵活但末字必仄。换头七言亦是单独成组,又必为平起仄收律句并用韵不得改变。

(三)词例——蒋竹山、辛稼轩各一调

(1)蒋词:

浪涌孤亭起。是当年,蓬莱顶上,海风飘坠。帝遣江神长守护,八柱蛟龙缠尾,斗吐出、寒烟寒雨。昨夜鲸翻神轴动,卷雕甍、掷向虚空里。但留得,绛虹住。　　五湖有客扁舟舣。怕群仙,重游到此,翠旌难驻。手拍阑干呼白鹭,为我殷勤寄语,奈鹭也、惊飞沙渚。星月一天云万壑,览、茫茫宇宙知何处?鼓双楫,浩歌去。(纸、尾韵与语、遇韵本不能通押,但南宋词人多有通押者。)

(2)辛词:

凤尾龙香拨。自开元,霓裳曲罢,几番岁月。最苦浔阳江头客,画舸亭亭待发,记出塞、黄云堆雪。马上离愁三万里,望、昭阳宫殿孤鸿没。弦解语,恨难说。　　辽阳驿使音尘绝。琐窗寒,轻拢慢捻,泪珠盈睫。推手含情还却手,一抹梁州哀彻,千古事、云飞烟灭。贺老定场无消息,想、沉香亭北繁华歇。弹到此,为呜咽。

下篇

长短句指要

98.水龙吟——又名龙吟曲,一百零二字,共九仄韵①。

(一)词调的句组——共八个

"六,七"。"四,四,四"。"四,四,四"。"五,四,三,三"。　　前三组与上片同。末组是"五,四,四"。

(二)句组的分析:

开头组的六言为平起平收式,七言是平起仄收律句。两组三句四言,前一组全为仄收,后一组上句平收后二句仄收。过拍组五言的四读连下成为二句同是仄收的四言,一联三言均是"平平仄"式。换头句组形式虽与开头相同,但其六言则相反,即仄起仄收式,因此有的在此句用韵,其实不必,因此种句组,音乐例不在此处停顿故也。其七言则为三、四读,三是"仄平平"式,四是仄收式。收拍组的五言为一、四读,四读的连下成了三句同是仄收的四言。苏东坡此调则把收拍的句组,更改为"三,四,三,三"的形式。

(三)词例——辛稼轩、苏东坡各一调

(1)辛词:

楚天千里清秋,水随天去秋无际。遥岑远目,献愁供恨,玉簪螺髻。落日楼头,断鸿声里,江南游子。把、

---

① 编者按:下文词调句组所标示实仅八仄韵。又词例部分辛弃疾词下片首句六言押仄韵,而苏轼词例不押韵。作者在句组分析时指出:"换头句组形式虽与开头相同,但其六言则相反,即仄起仄收式,因此有的在此用韵,其实不必,因此种句组,音乐例不在此处停顿故也。"可知此处押韵是较特殊的情况。

吴钩看了,阑干拍遍,无人会,登临意。　　休说鲈鱼堪脍,尽西风、季鹰归未。求田问舍,怕应羞见,刘郎才气。可惜流年,忧愁风雨,树犹如此。倩、何人唤取,红巾翠袖,揾英雄泪。

(2)苏词:

似花还似非花,也无人惜从教坠。抛街傍路,思量却是,无情有思。萦损柔肠,困酣娇眼,欲开还闭。梦、随风万里,寻郎去处,又还被,莺呼起。　　不恨此花飞尽,恨西园、落红难缀。晓来雨过,遗踪何在?一池萍碎。春色三分,二分尘土,一分流水。细看来,不是杨花,点点是,离人泪。

注:东坡有意把收拍组的"五,四,四"式,变作"三,四,三,三"式,足见其才之大,那些把它仍照原定断句,是大错特错!

99.玉蝴蝶——九十九字,共十平韵。

(一)词调的句组——共八个

"六,四,四"。"六,四"。"七,七"。"三,四,四"。　"六,四,四"。"四,七"。下二组与上片全同。

(二)句组的分析:

开头组的六言为仄起仄收式,一联四言为相对式,前仄收后平收。此与"四,四,六"式的一联四、言相反,可知是用韵关系。第二组的六言与上组的同式,四言必为平收。第三组一联七言均三、四读,亦可分作三言、四言二句。三言可灵活,四言的前仄收后平收。过拍组的三言为"仄平平"式。一联四言与开头组无异。此种过收拍组的形式与意难忘全同。换头句组形式与开头相同。一联四言亦全同,只六言则为上四平下二仄式并用句中韵而已。第二组的四言为平收,七言为平起平收律句。如换头句不用句中韵,就必如开头同为仄起仄收。

(三)词例——柳屯田(永)一调

渐觉芳郊明媚,夜来膏雨,一洗尘埃。满目浅桃深杏,露染烟裁。银塘静,鱼鳞簟展,烟岫翠,龟甲屏开。殷(仄)晴雷,云中鼓吹,游遍蓬莱。　徘徊隼旟前后,三千珠履,十二金钗。雅俗熙熙,下车成宴尽春台。好雍容,东山妓女。堪笑傲,北海尊罍。且追陪,凤池归去,那更重来。

100.丹凤吟——一百一十四字,共九仄韵。

(一)词调的句组——共八个

"六,四,四"。"四,六"。"四,四,四,四"。"六,四,六"。　"六,七"。"五,五,四"。"四,六"。"七,五"。"四,五"。

(二)句组的分析:

此调上下片只有一组相同。开头的句组与上一调同,只因用仄韵,故一联四言相反即前者平收,后者仄收(上一调用平韵,否则全同,此是变化的规律,必须注意),六言则无异。第二组四言为仄收,六言与首句同为仄起仄收。第三组二联四言,前联同为仄收式,后联为相对式即上句平收下句仄收。过拍组中间的四言为平收,前六言与首句同,后六言为上二平下四仄式。

换头的六言与开头同式,七言为四、六同仄古句。此"六,七"式的句组与水龙吟相同,水龙吟的七言则为三、四读。第二组上句五言为仄起仄收律句,下句的四读连下为一联相对四言,前仄收后平收。但后句须用仄韵,故不得不改末字为仄。不喜用拗句的词人,此句还是改作平起仄收。第三组与上片第二组同。第四组的七言为仄起仄收律句,五言的四读为仄收。收拍组的四言为仄收,五言为二、四同仄古句。

(三)词例——周美成一调

迤逦春光无赖,翠藻翻池,黄蜂游阁。朝来风暴,飞絮乱投帘幕。生憎暮景,倚墙临岸,杏靥夭斜,榆钱轻薄。昼永惟思傍枕,睡起无憀,残阳犹在庭角。　　况是别离气味,坐来但觉心绪恶。痛饮浇愁酒,奈、愁浓如酒,无计销铄。那堪昏暝,簌簌半藤花落。弄粉调脂柔素手,问、何时重握? 此时此意,生怕人道着。

101. 迷神引——九十九字,共十二仄韵。

(一)词调的句组——共十一个

"七,六"。"四,五"。"三,三,三"。"五,三"。"五,三"。 "四,五"。"四,三"。"四,三,三"。末三组同上片。

(二)句组的分析:

开头组的七言是仄起仄收律句并起韵,六言亦为仄起仄收式。第二组的四言为仄收,五言为仄起仄收律句。第三组三句三言前是"仄平平"式,后二句"平平仄"式。过拍二组前后二句五言作仄起仄收或仄起平收律句均可,二句三言均为"仄平仄"式,但前句可灵活只末一字必仄。

换头句组形式与上片第二组相同,只四言与之相反。第二组的四言为一、三读,一是冒头,总冒下面成为一联三言并与上片第三组前二句同式。第三组的四言为仄收式,二句三言均为"平平仄"式。

(三)词例——晁无咎(补之)一调

黯黯青山红日暮,浩浩大江东注。余霞散绮,四向烟波路。使人愁,长安远,在何处。几点渔灯小,迷近坞。一片客帆低,傍前浦。　　暗想平生,自悔儒冠误。觉、阮途穷,归心阻。断云素月,一千里,伤平楚。怪、竹枝歌,声声怨,为谁苦("怪"字是趁字)。猿鸟一声啼,惊岛屿。烛暗不成眠,听津鼓。

102.齐天乐——又名台城路、如此江山、五福降中天，一百零二字，共十仄韵。

（一）词调的句组——共八个

"七，六"。"四，四，六"。"四，五，四"。"四，七"。　"六，五，四"。二、三组与上片同。末组是"四，五"。

（二）句组的分析：

此调开头句组虽与上一调相同，但句法相异，即七言为平起仄收律句，六言是由上四平下二仄式改变第三、五两字而成"平平仄平平仄"式。而且固定起来不许再变。此是词调中规定得最严格的六言句（当然第一字可改）。第二组一联四言，前平收后仄收，此亦为此种句组四言联的通则。其六言为仄起仄收式。第三组首句四言是仄收用韵，五言为一、四读，四读的连下成为与上组同式的一联四言。过拍组的四言是平收，七言是平起仄收律句改第五字而成"平平仄仄仄平仄"式，并且固定不得改换（一、三两字除外）。此句与〔绮罗香〕过拍一样。

换头句组与其他同此形式而又用仄韵的一样。第二句五言的四读连下是相对式的四言，前仄收后平收，亦同样因用仄韵而把平收末字改仄。本来此种"六，五，四"式句组，其第三句四言，可改为与上句五言的四读同式，即同为仄收式，可避免改末字成为拗句。高竹屋此调就是如此。其实美成的二阕〔齐天乐〕已暗示这一句仄起平收四言的两种解决的办法了。他第一阕的换头是："荆江留滞最久,故人相望处,离思何限。"这是前一种办法。另一首是："沅湘人去已远,劝君休对景,感时怀古。"这是第二种办法(参阅〔意难忘〕词例)。首句六言最为灵活,任你如何安排均可。这就与上片第二句成为相反的一个对照。收拍组只将过拍的七言减二字而成平起仄收五言律句。

(三)词例——王碧山一调

一襟余恨宫魂断,年年翠阴庭树。乍咽凉柯,还移暗叶,重把离愁深诉。西窗过雨,怪、瑶珮流空,玉筝调柱。镜暗妆残,为谁娇鬓尚如许？　铜仙铅泪似洗,叹、携盘去远,难贮零露。病叶惊秋,枯形阅世,消得斜阳几度？余音更苦,甚、独抱清商,顿成凄楚。谩想薰风,柳丝千万缕。

注:高竹屋此调共三首,换头第三句均为平起仄收;其句云："朱奩曾卷"、"西风吹醒"、"凄凉风味"。此又是此种拗式可变的证明。

103.真珠帘——一百零一字,共十仄韵。

(一)词调的句组——共八个

"七,三,六"。"五,五"。"七,七"。"二,五,四"。　"六,五,四"。以下均与上片同。

(二)句组的分析:

开头组的七言与上一调无异,即同为平起仄收律句也不起韵。三言可灵活,六言是仄起仄收式。第二组二句五言,前是仄起平收律句,后是一、四读,四是仄收式。第三组前句七言是仄起仄收律句,后句是三、四读,四也是仄收式。过拍组的二言是"平仄"式并用韵(凡二言句必用韵,不论其位置何如),五言的四读连下成为一联同式的四言,即同为仄收式。

换头的"六,五,四"式句组与用仄韵的长调大同小异。六言是上四仄下二平式,这虽与〔眉妩〕、〔齐天乐〕的有小异,但这小异并无多大关系。我们必须注意五言的四读连下一联四言的小异。因上举二调的一联,前为仄收后为平收,而此二调又均用仄韵,故必改平收的末一字为仄,以致后一句四言成了拗句。本调则否,即一联四言为同仄收式,故与用仄韵相适应而无须改动平仄,从而不会出现拗句。注意了这个小异,则对有些词人往往把与〔齐天乐〕这种句式相同的,改变后句为平起仄收,就不会误认其为背律了(例如高竹屋)。又此调换头的句组,其五言的四读与下句四言同为平起仄收式,就可避免如〔齐天乐〕、〔解连环〕这句四言为拗式(〔翠楼吟〕亦同)。

(三)词例——张玉田一调

云深别有新庭宇,小帘栊,占取芳菲多处。花暗水房春,润、几番酥雨。见说苏堤晴未稳,便懒趁、踏青人去。休去,且、料理琴书,夷犹今古。　　谁见静里闲心,纵、荷衣未茸,雪巢堪赋。醉醒一乾坤,任、此情何许。茂树石床同坐久,又却被、清风留住。欲住,奈、帘影妆楼,剪灯人语。

注:此词首句"宇"字是偶合,并非用韵。二言句可叠上句韵可不叠。

104.八声甘州——九十七字,共八平韵。

(一)词调的句组——共八个

"八,五"。"五,四,四"。"六,五"。"五,四"。 "六,五,四"。"五,五"。"七,八"。"七,四"。末组可作"三,四,四"式。

(二)句组的分析:

此调亦是上下片没有相同的句组,但句法是最正规的。首句八言必须作一、七读,因词调的乐音在一处要稍为停顿,故读法也须略顿,做成三、五读句子是不对的(东坡此调此句是"有情风、万里送潮来",句虽好但不合节奏)。一是冒头,七是平起平收律句。五言作二、四同平古句或仄起平收律句均可。第二组的五言是一、四读,四读连下是三句四言,前二句仄收后平收。第三组六言为仄起仄收,五言为仄起平收律句。过拍组五言与上组的同,四言亦为平收。

换头组与〔意难忘〕同,此调六言句不用韵,故与之相反,即是仄起仄收。第二组上句五言是一、四读,四是仄收,下句是仄起平收律句。第三组的七言是三、四读,三为"仄平平"式四为仄收式。八言是一、七读,亦可作三、五读,与首句不同。收拍组的七言与上组的同式,但三读为"平平仄"定式,故可断作一句。收拍句是平收式四言。此调收拍比过拍多二字,是长调中很特殊的,因一般是少二字。

(三)词例——柳屯田一调

对、潇潇暮雨洒江天,一番洗清秋。渐、霜风凄紧,关河冷落,残照当楼。是处红衰绿减,苒苒物华休。惟有长江水,无语东流。　　不忍登高临远,望、故乡渺渺,归思难收。叹、年来踪迹,何事苦淹留。想佳人、妆楼颙望,误几回、天际识归舟。争知我,倚、阑干处,正恁凝眸(前句是柳永开创的一、三读四言句式,因"阑干"是一个名词,不能割断故也。与〔雨霖铃〕的"对、长亭晚"与"方、留恋处"同)。

105.花犯——一百零二字,共十仄韵。

(一)词调的句组——共八个

"三,四,五"。"四,五,四"。"七,五"。"七,五"。　"七,五,四"。"三,三,四"。"三,四;三,五"。"七,五"。

(二)句组的分析:

开头组三言为"仄平平"式,四言为仄收,五言为二、四同平古句,其式为"平平仄平仄"。第二组前四言仄收用韵,后句平收因用仄韵更改末字成了拗句。中间的五言为一、四读,四是平收。第三组七、五言均为平起仄收律句。过拍组的七言是三、四读,三读的末字必仄,四是平起,五言与前组同。换头与〔高阳台〕同为"七,五,四"式句组,七言为二、四、六同声古句,五言则为平起仄收律句。此种句组中间的五言必作一、四读,四言是仄收式。此调改为律句,实属特殊。第二组二句三言为"平仄仄"、"平平仄",四言是仄收式。第三组前后三言同为"平平仄"式,四言同前组。五言是平起仄收律句。收拍组与过拍全同。

(三)词例——周美成一调

粉墙低,梅花照眼,依然旧风味。露痕轻缀,疑、净洗铅华,无限佳丽。去年胜赏曾孤倚,冰盘同燕喜。更可惜、云中高树,香篝薰素被。　　今年对花最匆匆,相逢似有恨,依依愁悴。吟望久,青苔上,旋看飞坠。相将见、脆圆荐酒;人正在,空江烟浪里。但梦想、一枝潇洒,黄昏斜照水。

106.一萼红——一百零八字,共九平韵。

(一)词调的句式——共八个

"三,五,五"。"四,四,六"。"七,三,五"。"四,四,四"。　"六,五,四"。二、三组与上片同。末组是"六,四"。

(二)句组的分析：

开头组首句是三言起韵,其式必为"仄平平"。上句五言为一、四读,四读是平起。下句五言为仄起平收律句。第二组一联四言为相对式即前平收后仄收,六言则是上四仄下二平式。第三组的七言是三、四读,三可灵活,四为平收,五言同开头末句。过拍三句四言,中为仄收,上下均为平收。换头的"六,五,四"式句组与〔八声甘州〕无异,收拍的六言四言均与换头的相同。

(三)词例——周草窗(密)一调

步深幽,正云黄天淡,雪意未全休。槛曲寒沙,茂林烟草,俯仰今古悠悠。岁华晚、飘零渐远,谁念我,同载五湖舟。磴古松斜,厓阴苔老,一片清愁。　回首天涯归梦,几、魂飞西浦,泪洒东州。故国山川,故园心眼,还似王粲登楼。最负他、素鬟妆镜,好江山,何事此时游。为唤狂吟老监,共赋消忧。

107.兰陵王——一百三十字,共十六仄韵。

(一)词调的句组——共十二个

"三,六"。"三,四,七"。"五,六"。"三,四,七"。　"五,五,四"。"七"。"五,四,七"。"五"。　"五,五,四"。"七"。"五,四"。"四,三,三"。

(二)句组的分析：

此调分三片,每片首句均用韵。开头组的三言为

"仄平仄"式,六言为仄起仄收式。第二组的三言是"平仄平仄"式,四言为平收式,七言为四、六同平古句,即"仄仄平平仄平仄"式。第三组的五言为平起仄收律句(第三字可改变)。六言与开头的同式。过拍组与第二组全同。中片换头上句五言与本片过拍的五言同为二、四同平古句。下句是一、四读,四读的连下为一联相对式四言,即前平收后仄收,此为正格。又可同为平收式,此是变格,因必须把平收末字改仄来适应仄韵,以致此句变了拗句的缘故。这也由四言句的结构所决定,即凡仄起必平收,凡平起必仄收。单独成组的七言为平起仄收律句。第三组的五言四读连下成为一联,同是仄收的四言,七言为上二平下五仄古句。第四组的五言与本片换头句同式。下片换头一、二、三组均同中片(除首句用句中韵外,如不用句中韵,则与中片首句全同,南宋施岳此调是"鳞鸿渺踪迹")。收拍组的四言为仄收,二句三言均为三仄句,但上句末字与下句中间一字,仍可通融。

此调在南宋末叶以前的词人,多喜用变格的句式,因而出现很多拗句(施岳此调拗句已算少了)。这恐怕是仄韵长调的音乐节奏关系吧。到宋亡及其以后的元初,已减少了此种情况。但填此调的仍未全用正格。清初曹贞吉词最为雅正,虽才不及朱(彝尊)、陈(维崧),但取径较正,句式多用正格,甚少拗句。清初不乏大家,而《四库全书》只收录其《珂雪词》,其原因就在于此。本书所录词例,全不及于明、清二代。因为比较正变之别,特增录其此调为例,以资参证。

(三)词例——周美成、曹贞吉各一调(单直线表变格,双直线表正格)

(1)周词:

柳阴直,烟缕丝丝弄碧。隋堤上,曾经几番,拂水飘绵送行色。登临望故国,谁识京华倦客。长亭路,年去岁来,应折柔条过千尺。　　闲寻旧踪迹,又、酒趁哀弦,灯照离席。梨花榆火催寒食。愁、一箭风快,半篙波暖,回头迢递便数驿。望人在天北。　　楼侧恨堆积,渐、别浦萦回,津堠岑寂。斜阳冉冉春无极。念、月榭携手,露桥闻笛。沉思前事,似梦里,泪暗滴。

(2)曹词:

岭云白,湖草黏天弄碧。湘烟淡,沅水分流,弱柳丝丝冒行色。武陵南下驿,渐入桄榔瘴黑。鹃声里,铁骑连营,一发青山京国。　　依依感畴昔,记、巷口乌衣,门边霜戟。电光石火音尘寂。愁、一肩行李,半林斜照。空祠榕暗啸木客。衡阳雁程隔。　　难觅谢公屐。问、橘井遗踪,鄂都荒宅,参军蛮府工书檄。念、东第凄冷(只此句拗),北堂晨夕。寒螀啼彻,听砌语,助太息。

108.摸鱼儿——又名买陂塘,一百一十六字,十三仄韵。

(一)词调的句组——共十个

"三,四,六"。"七,六"。"三,五,五"。"四"。"五,四,五"。 "三,六,六"。以下均同上片。第三组"三,五,五"式有改作"三,三,七"式的,此是变格。

(二)句组的分析:

此调上下片均以三言起句,亦均不起韵,两者均是定式:上片必为"仄平平",下片必为"平平仄"式。因为定式的三言必须断句,因此上句不能连下句四言作为七言句。这与〔贺新郎〕上下片第二句三言不能连下作七言读,同是一个理由。开头组的四言为仄收,其六言是由上二平下四仄式改换第三、五字而成"平平平仄平仄"式,这与〔念奴娇〕过拍、收拍句同。第二组的七言为平起仄收律句,六言为仄起仄收。第三组的三言为"平仄仄"定式并用韵,上句五言为一、四读,四为平收,下句为仄起仄收五言律句。第四组是一句仄收用韵的四言。过拍组上句五言为一、四读,四读的连下成为一联相对式四言,前平收后仄收。下句为仄起仄收五言律句稍变,即改第三字为仄成为"仄仄仄平仄"式,并固定不许更改。与收拍句同为此调必须遵守的句式。

换头的三言为"平平仄"式,上六言为仄起仄收,下六言与开头组的同。

(三)词例——程正伯、辛稼轩各一调

(1)程词：

掩凄凉,黄昏庭院,角声何处呜咽。矮窗曲屋风灯冷,还是苦寒时节。凝伫切,念、翠被薰笼,夜夜成虚设。倚窗愁绝。听、凤竹声中,犀帷影外,簌簌酿寒雪。伤心处,却忆当年轻别,梅花满院初发。吹香弄蕊无人见,惟有暮云千叠。情未彻。又、谁料而今,好梦分吴越。不堪重说。似、记得当初,重门锁处,犹有夜深月。

(2)辛词：

更难消,几番风雨,匆匆春又归去。惜春长怕花开早,何况落红无数。春且住,见说道,天涯芳草无归路。怨春不语。算、只有殷勤,画檐蛛网,尽日惹飞絮。　　长门事,准拟佳期又误,蛾眉愁有人妒。千金纵买相如赋,脉脉此情谁诉。君莫舞,君不见,玉环飞燕皆尘土。闲愁最苦,休去倚危阑,斜阳正在,烟柳断肠处。

注：收拍前第三句把一、四读改作律句。

109.醉翁操——九十一字,共十八平韵。

(一)词调的句组——共十个

"二,二,二"。"三,二"。"七,六"。"三,五"。"七。"　"四,四"。"四,六""六,六""五,五,五"。"七"。

(二)句组的分析：

此调的句法多用平声字,是长调中最特殊的。上片句句用韵,只第二组的三言可作句中韵,因此处可不断句而只略顿之故。开头二言均作"平平"式。第二组的三是"仄平平"式,二还是全平。第三组的七言是七平古句,只第一、三字可用仄。其六言则为平起平收式。第四组的三言为"平仄平"式,五言则为仄起平收律句。收拍的七言为四、六同仄古句。

换头一联四言为相对式,前仄收后平收。第二组的四言为仄收,六言为上二仄下四平式,但一、三、五字可变。第三组二句六言是上二仄下四平的文句。第四组三句五言,上句必须第四字仄,其余全平,中句必须五平,下句为仄起平收律句。收拍与过拍句同式。

(三)词例——旧作一调

仙娇,织腰,苗条。驾云辂、遥遥。风鬟鬓边金丝绦,绛绡仙袂飘飘。挥手招,绣毂强相邀。两行红粉随风箫。　　铸金作屋,填鹊为桥。夜排绮席,亲赐玉簪锦袍。讵定情兮前宵,竟擘钗兮今朝。吾生如鹿蕉,君行如风飙,落叶任飘飖。黯然惟有魂自消。

以上是就词调句式的组合来分析,并各举实例以资对照。其排比的先后,又是根据句组的形式。其常见而各调又多有相同者排在先,并非以字数的多少为次序。如此安排,其目的是要使学者易于比较,进而了解其所以然之故与掌握其关键的所在。这样一来,就可以依照句组的结构与特点,来加以运思运词,则填出及乎水平的词,并非难事。

又以上分析的词调,虽然未有及于一百四十字者,但其句法句式及其组合的形式,已是应有尽有。虽有长调如〔戚氏〕、〔莺啼序〕者当前,亦可根据以上的分析,作为三隅之反。

又上面曾说过,长调以三句结合为一个句组居多,因此长调亦以隔两句用韵为基本。兹特举出一阕典型的长调为例,以资证明并作此书的结束。但只把句组的形式列出,不再分析。

110.哨遍——二百零三字,共十三仄韵并通转四个同部平韵。

(一)词调的句组共十四个,其句式如下:

"四,四,五"。"三,五,七"。"七,四,五"。"五,四,六"。"八,八"。"四,四,四"。　"三,四,五"。"四,七"。"五,四,七"。"四,四,六"。"八,八,七"。"六,五"。"四,四,六"。"七,三,四"。

由此看来,此谓十四个句组中,除了三个外,全是三句一组的。第二组的七言是三、四读,下片第五组的七言也是三、四读。上片第四组下片第三组的五言,均是一、四读。上下片各一联八言均是一、七读。换头组可改为"一,四,七"式。其实"一,四"只是五言的略顿的句法,因东坡另一阕在一、四原不是韵位的地方,各通转一个同部平韵,后来词人均根据他。其句云:"噫,归去来兮,我今忘我兼忘世。"上面讲一言句时,所举长调的例就是这一句。原来不是韵位,不过断作一字句来通转一个同部的平韵,亦只得作为一言句来做例子而已。上面已把换头组原文录出,不再举此阕而另举一阕作例,因其句式比较正格一些也。

苏东坡的〔哨遍〕之一:春词

睡起画堂,银蒜押帘,珠幕云垂地。初雨歇,洗出碧罗天,正溶溶、养花天气。一霎暖风回芳草,荣光浮动,卷皱银塘水。方、杏靥匀酥,花须吐绣,园林翠红排比。见、乳燕捎蝶过繁枝,忽、一线炉香逐游丝。昼永人闲,独立斜阳,晚来情味。　　便乘兴,携将佳丽,深入芳菲里。拨胡琴语,轻拢慢捻总伶俐。看、紧约罗裙,急趋檀板,霓裳入破惊鸿起。颦月临眉,醉霞横脸,歌声悠扬云际。任、满头红雨落花飞,渐、鹎䴗楼西玉蟾低,尚徘徊、未尽欢意。君看今古悠悠,浮幻人间世。这些百岁,光阴几日,三万六千而已。醉乡路稳不妨行,但人生,要适情耳。

词牌音序索引

A
暗香 212

B
八声甘州 253
百宜娇 237
百字令 216
碧桃春 169
鬓云松令 198
卜算子 160
步虚词 167

C
采桑子 178
苍梧谣 148
钗头凤 151
长相思 150

丑奴儿 178

D
丹凤吟 247
点绛唇 156
钓船笛 162
蝶恋花 182
定风波 180
洞仙歌 195
渡江云 236

F
风蝶令 160
风入松 187
凤凰台上忆吹箫 229
凤栖梧 182

G

高阳台 228

归自谣 152

H

好事近 162

喝火令 161

河渎神 163

贺新郎 243

红情 212

壶中天慢 216

花犯 254

花心动 220

画堂春 173

换巢鸾凤 206

J

减字木兰花 156

江城梅花引 186

江城子 185

江神子 185

解连环 209

金缕曲 243

金人捧露盘 201

酒泉子 155

L

兰陵王 256

浪淘沙 163

离亭燕 188

临江仙 167

柳梢青 158

柳长春 159

龙吟曲 245

罗敷媚歌 178

绿意 214

M

买陂塘 259

卖花声 163

满江红 218

满庭芳 227

满庭霜 227

眉妩 237

梅花引 150

梦江南 149

迷神引 248

摸鱼儿 259

蓦山溪　192
木兰花慢　223

N
南歌子　160
南柯子　160
南楼令　189
南浦　219
念奴娇　216

P
贫也乐　150
破阵子　188
菩萨蛮　175

Q
齐天乐　250
绮罗春　230
千秋岁　191
千秋岁引　194
沁园春　226
青衫湿　170
青玉案　183
清平乐　154

秋波媚　171
秋蕊香　166
曲游春　239
鹊桥仙　159
鹊踏枝　182

R
人月圆　170
如此江山　250
如梦令　165
乳燕飞　243
阮郎归　169
瑞鹤仙　240

S
三台令　149
山花子　176
上西平　201
哨遍　262
十六字令　148
十拍子　188
疏影　214
双红豆　150
双双燕　217

水龙吟　245
水调歌头　241
思佳客　177
苏幕遮　198
苏武慢　231
诉衷情　169
锁窗寒　222
锁阳台　227

T

踏莎行　159
台城路　250
摊破浣溪沙　176
唐多令　189
桃园忆故人　174
殢人娇　189
天仙子　181
调笑令　149

W

望江南　149
望梅　209
乌夜啼　164 / 166
五福降中天　250

X

西江月　167
惜分飞　174
喜迁莺　208
相见欢　164
消息　223
小重山　178
新荷叶　192
行香子　190

Y

眼儿媚　171
宴桃源　165
宴西园　165
一萼红　255
一痕沙　165
一斛珠　157
一剪梅　182
忆江南　149
忆旧游　235
忆萝月　154
忆仙姿　165
意难忘　203
应天长　176

永遇乐 223
渔家傲 180
虞美人 172
虞美人影 174
雨霖铃 224
玉蝴蝶 246
御街行 184

Z
昭君怨 165
折红英 151

鹧鸪天 177
真珠帘 251
祝英台近 199
转应曲 149
最高楼 198
醉落魄 157
醉花阴 171
醉蓬莱 234
醉太平 153
醉桃源 169
醉翁操 260